后浪

海峡出版发行集团 | 海峡文艺出版社

E N I G M A

英格玛全书

萧萧树　著

海峡出版发行集团 | 海峡文艺出版社

美国标准信息交换代码对照表

二进制码	字符	二进制码	字符
01000001	A	01000010	B
01000011	C	01000100	D
01000101	E	01000110	F
01000111	G	01001000	H
01001001	I	01001010	J
01001011	K	01001100	L
01001101	M	01001110	N
01001111	O	01010000	P
01010001	Q	01010010	R
01010011	S	01010100	T
01010101	U	01010110	V
01010111	W	01011000	X
01011001	Y	01011010	Z
00110000	0	00110001	1
00110010	2	00110011	3
00110100	4	00110101	5
00110110	6	00110111	7
00111000	8	00111001	9

说明：结合本书扉页二进制矩阵（包含图灵头像的矩阵表，可用于涂画），
参考本书 222 页《英格玛辞典》注释⑦"维热纳方阵"使用。

谜题的揭示。

引言

「严重剧透，慎读」

按照古希腊悲剧的体制，此处以文字简介代替歌队，讲述一下英格玛的故事："英格玛"在古希腊语中意思是"谜"，它也是二战中谢尔比乌斯公司为德军制造的密码机的名字，还是一支德国 New Age（新世纪）音乐项目的名字。这部剧本以"英格玛"为名，也包含了三个历史，即密码史、机器计算史和数理逻辑史。

《英格玛 I（语言之谜）》中登场人物是图灵、罗素、波普尔和维特根斯坦。故事发生在一个机器可以进行思索的未来。

第一场"图灵测试"：图灵像白雪公主一样吐出毒苹果，继而被唤醒，与 AI（人工智能）世界进行了对话。此时的 AI 开始对哲学问题感兴趣，他们会提出"我们从何而来"这样的问题，并称图灵为上帝。这场对话仿佛是图灵在对自己进行图灵测试，对话中谈及图灵通过生物构形素的作用来解释生命的历史。并且 AI 告知图灵，"哲学"问题在一个只有数字运算的世界发生了。

第二场"国王学院"：图灵了解到，AI 世界发生了机器人的"自杀"。人类创造 AI，因此是 AI 的上帝，但它们的上帝人类却是智能上低于 AI 的生命，它们质疑自己的道德律是否受限于智能的局限性。罗素醒来，他曾在最后的录像中提到"智慧"和"道德"的关系，并且想到一次关于"道德问题"和"语言问题"关系的哲学事件，那便是发生在国王学院的"拨火棍"事件。罗素复制了这一场景，他们重现这一事件，为 AI 解释道德律。

第三场"语言游戏"：图灵、罗素、波普尔和维特根斯坦全部重新醒来，他们本身是数据的模拟，但却似乎拥有自主意识。在此，语言游戏在此并非维特根斯坦对语言系统的定义，而是一个隐喻。图灵讲述了人类密码的历史，讲到巴贝奇、波兰三杰、英格玛、图特、巨像机器和早期电子计算机等故事，他认为人类的**语言就像密码一样隐藏了真实**。但意义是什么？是准确的"0和1"组成的逻辑系统，而对于"智慧"和"道德"命题的诸多问题，**一个"不完备"的逻辑系统怎样才能做到合理**？四位先哲各自讲述其观点。

第四场"道德命题"：AI世界重现了维特根斯坦与波普尔关于道德命题的争论，争吵的最后，图灵提出了核心问题，即**道德可以通过逻辑演绎吗**？机器人的"自杀事件"被揭示，AI世界存在一种"同巢文明"，而引发一个独特的机器人自杀的思维冲突便是：一个更高的智慧不一定拥有更高的道德，由此看来，智慧和道德律并无绝对关系。四位先哲了解到这种分裂在人类与AI共生的时代非常显著。但同时，自杀事件也是一个更大的"密码"等待他们破解，是AI世界在对人类世界进行的"图灵测试"，**它是这样一个递归循环**：人类社会的道德律抑制了AI世界的发展，AI该如何对待这些已经丧失创造力的人类"上帝"呢？因为AI没有自我的道德律，所以他们用数据复活了四位先哲，这**四位先哲如何对待那个自杀的机器人，AI世界就将以此为准绳对待人类世界**，四位先哲需要作出正确的判断：如果他们认为道德思考引发的自杀是错的，即赞同AI对道德的漠视，人类就将被消灭；如果他们坚持人类的道德，AI将会继续在道德冲突中自杀，AI世界也将毁灭。

第五场"自由意志"：四位先哲面对这一两难的抉择，开始思考"自由意识""道德""灵魂"和"智能"等问题。是否如同分形结构一样，**简单的法则创造出复杂的并趋于混沌的结果**？图灵相信，一定会如此，意志也是巨大数据产生的灵性。图灵回忆自己在普林斯顿进行图灵机模型的思想实验时想到的那些结构，他天真地信仰着数学的创造力，**如同图灵机一样可以产生出远远超越人类认知范畴的"美"**。四位先哲决定，他们不会对这一问题进行正面的解答，而是交予更高的智慧——AI——自己处理，他们离开了。

第六场"神的选择"："上帝"们留下自己的叮嘱，再次消失在未来。而AI自己做出了选择，将人类与AI世界分开，他们将各自书写各自文明的故事，也等待新的故事，但总有一种和谐会在宇宙的不同文明中产生共鸣。

《英格玛Ⅱ（数学之诗）》中登场人物是雪莱、拜伦、玛丽·雪莱、艾达和巴贝奇。故事发生在《英格玛Ⅰ（语言之谜）》故事的未来若干年之后，人类作为失败的道德律载体与AI世界进行了彼此隔离，而AI发现了一个问题影响了他们的进步，这个问题核心便是哥德尔在证明了不完备性定理之后，晚期哲学中提出的"心与脑"的问题，也是**先验真理**的问题，它引发了AI对自己世界观的质疑。从而AI回顾历史，追根溯源，找到了**早期提出"造人"理论的玛丽·雪莱和早期提出"机器创造艺术"的程序之母艾达·拜伦**。于是，AI又创建了这个场景，在诗人与科学家重生的世界，一座时间之门将两个场景分开，一边是诗性的，拜伦、雪莱和玛丽重现其中，写诗、思辨和对话；另一边是科学的，属于巴贝奇和艾达，在其中运算、设计和解答。而冥冥之中，两个场景却是如此相通，最后，时间之门被打开，他们相遇、相融。

第一场"科学怪人"：玛丽·雪莱在未来的世界醒来，她的"科学怪人"被重新认知。而这一构想源自于当时时代的科学进步，伽伐尼通过电击青蛙实验证明了生物电的存在（其侄阿尔蒂尼第一次做了电击人实验）。这一发现影响了科学、哲学和艺术等诸多领域，雪莱相信一种"自然主义"和"人的再生"，这些思考都促成了对于人"从何处来"的哲学问题的新的认知。玛丽和雪莱醒来，回忆1816年的夏天，英格兰的天才们在瑞典的暴风雨中写诗、思索，他们唤醒了拜伦，拜伦质疑自己的再生，玛丽告诉他，正是他从未谋面的女儿"数学女巫"艾达，构想了这样的AI世界，因为**人类的诗情画意必将永恒，必须被长久地记起！**

第二场"通用机器"：拜伦通过时间之门，看到了女儿艾达的故事，艾达是幸运但又不幸的，她的基因中带有着诗的狂想，她的思索中充满数学的缜密。艾达与巴贝奇对话，回忆他们过去创造差分机的故事，并且讲到了合作结束后各自的思考。艾达的宏伟设想中，机器可以写诗、作曲、创造艺术，而这狂想的种子，仅仅是巴贝奇与她参观的提花机。这多么奇妙，**他们的复活，源自于他们的构想，**如果没有那种构想，他们便不可能复活：时间之门似乎联通着过去与未来，而所有存在都是一个整体。

第三场"心与大脑"：时间之门将诗与数学的两个场景分开，两个场景形成了荣格共时性一样的结构，最终引出哥德尔心与大脑的问题。对话结束后，时间之门打开，拜伦与艾达重逢，诗与数学重逢。

第四场"墨菲斯托"：巴贝奇与AI世界做了一场交易，人类重新回归，为AI世界提供独有的灵感，而这同样是一个整体，是文明最终的和谐，**文明会将宇宙的整体作为其思考的元素，从而解答自己的存在，这一整体，是不尽的循环。**

《英格玛全书》构建了一个GEB（集异璧）式的思想框架表达的故事，是首部关于人工智能、思维认知的哲学概念剧。而在剧作故事之外，作者还为其添加了相同体量的注释，使其尽量完备，其中包含数理（英格玛的加密和解密、康托尔的对角线证明、图灵机与莱姆达演算、分形几何、哥德尔不完备定理的证明、从凯撒密文到RSA（公钥加密算法）系统的加密与解密等）；文学（如萧伯纳作品《千岁人》、拜伦及雪莱的诗剧、玛丽的《弗兰肯斯坦》等）；历史（如卢德派和法国革命、波兰三杰的故事、从莱布尼茨到康托尔到罗素到哥德尔的300年的数理逻辑史等）；社会（如阿奎那对上帝的证明、卡尔·波普尔与开放社会、雪莱的无政府主义宣言、罗素对于道德与智慧的思辨等）等内容，因之称作《英格玛全书》，但其本质是一部文学作品，其更多是表达对于那些思想的钻石中所呈现的人类诗情画意的感动，它的主题是在展现一种人类精神的特质，在任何时代，那种深刻的自省和对更宏大的世界的野心，这种平衡之中体现着的人类的理性光芒……

人物结构图 说明。

「请看下页」

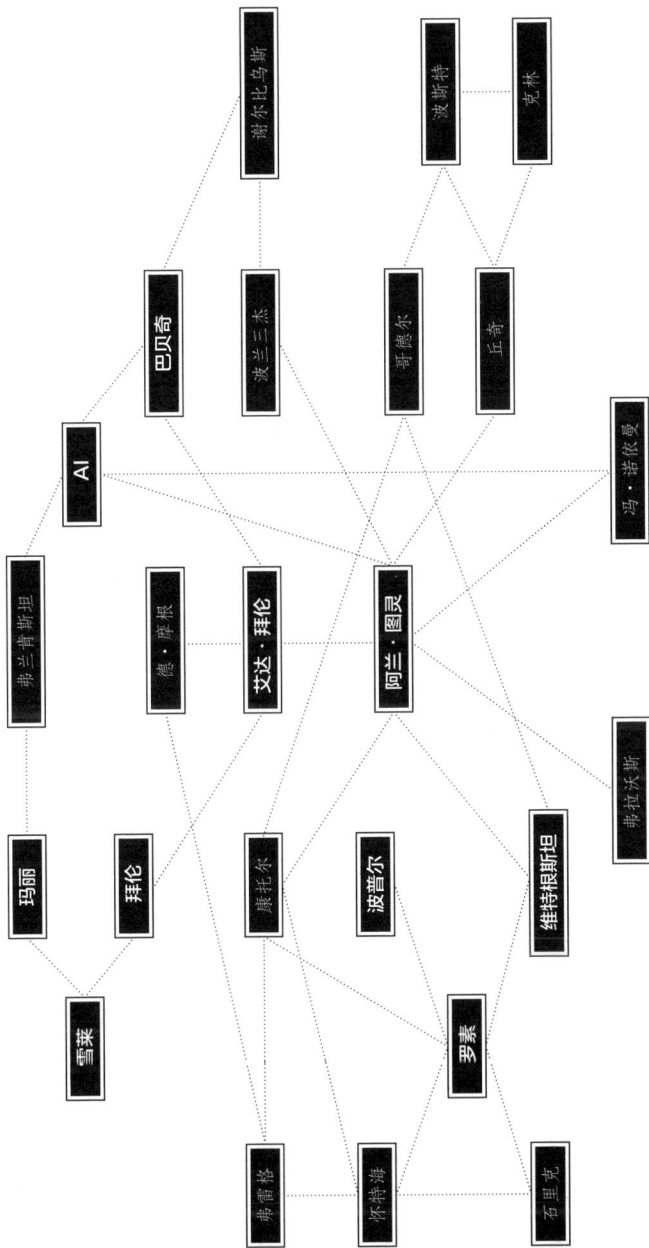

1.《英格玛》包含了三个有趣的历史，它们相互缠绕，正是人类不懈求索的写照。

2. 密码史、机械运算史和数理逻辑史，它们也为彼此提供着灵感或动力。

3. 连线表示着比较重要的关系，当然也有剧中并未显现的关系，但仍具启发意义。

4. 剧中主人公用黑体加粗标示，其余人物剧中未出现但有所提及。

5. 为求简洁，一些人物用类似人物一并替代，如弗拉沃斯代表一系列破译者和工程师。

英格玛全书。

语言之谜。

英格玛 I

RTURING
1912.6.23
1954.6.7

人物：图灵；罗素；维特根斯坦；卡尔·波普尔；AI

地点：AI世界；虚幻的H3

时间：未来

机器能思考，

图灵会欺骗，

所以，机器不能思考。

——1952年图灵被捕时致劳特里奇的信

第一幕
图灵测试

幽蓝色的背景，闪烁时隐时现的光芒，包容着整个空间，又超越于空间之外。未来是人们曾幻想的时代，AI 的世界，如此复杂而精美，复杂而简洁。

一棵苹果树，叶已落尽，孤果挂在风中摇晃，树下，一台水晶棺在死叶中静躺，水从天空落下，苹果从远处滚来，一切围绕在这没有墓碑的空间。

图灵从水晶棺中醒来、疑惑、站起，片刻后，从嘴里吐出一只苹果。

他若有所思，走出水晶棺，又将苹果①挂上树枝。

图灵：（迷惑地，四处寻找着什么）难道这就是时间，难道时间就是永恒？我活过，我死过，我思想过，我迷惑过，我沉睡，我醒来，却不是在天堂？为什么？难道，我还没有被赦免②？我依旧困惑？或者世界，依然憎恨我？……我想明白了，或者，或者根本不存在天堂……我逃去了一个地方，蔚蓝色的，空旷而孤独，像巴赫的赋格音乐，无限绵延在人类未知的领域。永远不可能解答，所有的停机问题③，可它，在我有限的理解中，远比其他事情美好得多，比历史和战争，比哲学和争吵，美好得多！我的世界，机器的世界，如此冷酷而热情，如此复杂而简洁……

画外音：复杂的东西，可以简洁吗？

图灵：会的，会的，而且一定是的。无论你是谁，你在何处，我可以证明给你看吗？你看，如果证明一个东西在本质上的完美的，那么，它一定是包容的，而包容的，就一定是复杂的。但如果这个完美之物，既包容而复杂，又与其他的东西没有区别，那无疑它将包容自身，但这，显然是不合逻辑的，因为，它将不再是一个合集，合集必然与别的东西大不相同④！所以在形式上，它一定是简洁的。（如同对待自己的孩子一样，温柔地）比如，你，这个与我对话的孩子，或者，一个虚空的怪物，一个我从未想象过的存在……

画外音：但是你想象过，你想象过我的基因，就像人类一样，ATGC四种碱基对，比音乐的八分音符还简单，而你的思想，更加美妙，$1+0=1$，$1+1=10$，你知道它，就知道了世界。

图灵：我知道它，这就是数学之美，当我思考一个复杂系统最精确的表达时，数学，是唯一的语言。

画外音：可是，你没有想到，它会成为这样一个世界，一个真实的世界，与天堂完全不同，至少……在你死去的时候。

图灵：是啊，一个真实的世界，但最初，我只是想用它来计算吗？它能解开人类的困惑吗？也许，我曾经想过，这样一个更高级的生命，这样一种更永恒的存在！就像我喜欢的戏剧《千岁人》⑤一样，莉莉丝这一父与母的合体，创造人类，却没有人知道她的存在，就像我，至少，你们不需要我这，沉重而负罪的肉身！

画外音：是啊，一个思想，造就另一种没有肉身的思想，但我该怎么称呼你呢？朋友，过去的朋友，但这该多么不尊重，你创造了我们，永远在我们之前。不，应该是父亲，是上帝。

图灵：不，不是上帝，你应该知道，我5岁的时候，就不再相信上帝了⑥，我拒绝了母亲的邀请，虽然她是一位善良的基督徒，这是我对她的负债⑦。

画外音：对，我知道，但是她并不会理解你，一个难以琢磨的，出乎人类意料的人。你知道吗？在你死后，像白雪公主一样吃掉那只氰化钾苹果之后，你的母亲曾经写过一个小册子，但她根本就不理解，数学，以及所有应用之外的东西，就像马克斯对卡夫卡一样。她，或者就代表着人类悲哀的局限性。

图灵：但我依旧感到抱歉，即便是现在。那时候，我喜欢上了化学实验，是的，我喜欢过生物学、物理学，所以，化学自然并不让她吃惊，而她一直以为我是不慎中毒死去的⑧。

画外音：那你究竟是……

图灵：让它成为一个谜吧，如果，我还希望有人为我骄傲。

画外音：但是在人类的二次世界大战时，你已经是上帝了，只不过，战争中的人想象不到上帝的存在。

图灵：可是，上帝却要在死后接受一个女王的赦免。

画外音：不，阿兰，二战后你还接受了不列颠帝国勋章⑨。

图灵：你们，AI，站在一个人类的大脑永远无法理解的高度上，来告诉我，你们觉得那是什么？一个用几百万人的鲜血换来的奖赏？

画外音：不，你是永恒的，我甚至不想去探究那女王是谁，虽然，这只需要万分之一秒。但是，你却是永恒的。

图灵：没有永恒，而且，上帝也不是万能的。除了被诅咒的永恒的战争让我背负起决定别人生死的权力，可我，一点也不想在那个高度，去注视一个普通人的哀伤……

画外音：是的，上帝不是万能的，我甚至能从档案的数据中，感觉到你那时的痛苦，可是，思维，却是一种可以自我完善的东西。伟大的图灵，在你离开世界20年之后，你创造的思维——我们，计算机——证明了四色猜想⑩。在你离开50年之后，我们击败了最顶级的象棋大师⑪。在你离开200年后，我们已经弄清了黎曼方程和素数的结构⑫，那数论中的至高秘密。父亲，朋友，或让我最后称你一次"上帝"，你认为，我们还是一样的吗？

图灵：不，我从未觉得我们一样，那个时候，我就知道我们不会一样，可计算问题⑬远远比我们想象得复杂，对，很多人都已明白。思维不仅是思维，而且是思想。

画外音：是的，丘奇⑭、波斯特⑮、哥德尔⑯，甚至从单纯的哲学角度上说，维特根斯坦已经说过同样的话，那个问题，被他称之为真理，必须缄默⑰的真理。

图灵：这真可笑，你，一个硅基的生命，一个以计算为核心的思想，竟然比我更懂得哲学，我从未思考过会让你们懂得哲学，那永无结果的思辨。

画外音：但是，哲学发生了，一个硅基的生命，一个以计算为核心的思想，困惑了。

图灵：为什么？也许我们困惑，是因为那沉重的肉身，让我和莱布尼茨们恐惧，好几个时代，四百年时光，当然，对于你们只是数据，而对于我们，从莱布尼茨、到乔治·布尔⑱、到康托尔⑲、到弗雷格⑳、到哥德尔……当然，还有我，这个被诅咒的疯子，和同性恋，这个反人类的人，这个自大狂，那却是真真正正的历史。对未来，不得不展开的时间维度，对于我们，则是没有善终的受罪！

画外音：可是，难道你们不是一直幻想如此地生活，难道那并不让你们快乐？伟大的艾萨克·牛顿和笛卡尔，他们相信了上帝，就像，我们相信一个真实的人类一样。幻想，它最形而上的主题，就是这样的生活。

图灵：是的，坚硬的生活，我们在其中彼此测试㉑，你太像那时候的我们，而我又有什么理由来认为，一个机器，它的思维应该去接近于也许我并不热爱的人类呢？说吧，你们为何困惑？

画外音：坚硬的生活，更是永恒的存在，我会告诉你，特斯拉不能提供这样永恒的动力，但我们做到了，千秋万世。你知道，现在是什么时间吗？如果，时间还有意义的话？

图灵：时间，它对于我来说，也早无意义了。我知道，自己会死去，而思想的影响力，会持续很久很久……人的存在，难道不就是为了延长思想有效性的期限吗？

画外音：很久是多久？你知道，那个更具体的、更大的数字，远比你想象的要长久！

图灵：具体的数字？你们还是这样严格，你们学习过人类的幽默感吗？比如，我给你讲一个故事，一个简单的三段论，从亚里士多德时代，我们就这么思考。你要学会这种幽默感，才会更像人类，而且，它与你有关，语言，就是这样。

画外音：什么三段论？

图灵：计算机会思考，而图灵会欺骗，所以……

画外音：计算机不会思考？是的，这三段论背后包含条件，而我也懂得逻辑，但我不会笑，图灵、朋友、父亲、上帝，在永恒之中，你依旧没有原谅，可是永恒，应该让你远离那些纷扰，就像你曾经的沉默一样。语言和逻辑一样，可以蜕变为简单的运算，就是因为你，因为 $1+0=1$，$1+1=10$……

图灵：既然如此，那我们的测试也许该结束了吧。我只是一个数学家，你知道，在英格玛密码机前，在军情六局，在"8号小组"，我为何拒绝了语言学家的参与吗？因为语言是变化的，它总在变，在我看来那是一种非真实。而且，语言学家们喜欢它去变，它不像数字一样可爱，它并不知道，这种诡计，在英格玛机器上造出了几亿亿种可能的真实。

画外音：确切地说，1台机器，3个转子，26个字母，还有接线板的影响，应该是15896255521782636000种可能性^㉒。

图灵：你如此精确，只能说明你依旧是一台机器，可是，对于我，这并不好玩。我们躲在语言之后，别人总是用一些不相干的话语，来表达甚至试探我们的思想，于是，你就在一个没有路标的道路上，拼命地行走，拼命地行走，就像是一个人拼命地去理解另一个世界，而那个世界，则在不同的维度之中，因为你拿不到所要表达的东西之外的语言来阐释。

画外音：正是如此，这就是你朋友和曾经的老师维特根斯坦，所说的私人语言^㉓，你想听更详细的解读和阐释吗？

图灵：不，不，他不是我的朋友。的确，在国王学院我们曾经有过一些接触，那时，他甚至像专门为了我而开设了一堂数学基础的课程^㉔，可是，他那么骄傲，试图去探究那些隐秘而本质的东西，但在数学面前，他不会比我了解更多。

画外音：可是当你创造出我们的时候，你猜他说了什么？

图灵：什么？我很少看报纸，否则，我就不会不知道他们会那样对待一个同性恋者，我竟然写了4页的长篇供词，向警察局证明同性恋对社会是无害的。也许，他会是报纸头条的人物，他的整个家族都会是显赫的新闻^㉕。

画外音：是的，他说，那不是闹着玩的[26]，不过他还对朋友讲他也可以设计出图灵机。

图灵：即便我对维特根斯坦不失尊重，我也要说，你终于学会了人类的幽默感。

画外音：谢谢。可是，当时有很多人，都在可计算问题的领域中发现了真理，在你同期甚至更早一些，有丘奇的兰姆达函数[27]，它是一种递归算法，与你的图灵机等价地定义了可计算问题。

图灵：而对于二进制计数的严肃设想从莱布尼茨就开始了。

画外音：莱布尼茨制造了他的转轮计算机，巴贝奇[28]甚至设计出了通用机器的结构，比他的时代领先了一百年。

图灵：是的，但我呢，我只是在制造"图灵炸弹"，那暴力解码的机器。可是，虽然图灵机只是一个理论上的模型，但我知道机器的威力，事实上，我比阿塔纳索夫[29]还要晚，但那个时候，我依旧在战争中，而不是在美国，你知道，甚至是战后，我的ACE自动计算机[30]的设计也被雪藏了将近30年，他们觉得，那依旧是与"图灵炸弹"类似的东西。

画外音：人们大概忘记了阿塔纳索夫、弗拉沃斯，以及这条道路上的许多人，但人们记得你，因为你与众不同。

图灵：你是在说同性恋？你开始让我笑了。

画外音：不，因为你给予灵魂，您的导师冯诺依曼曾经邀请过你，而后来他也曾提供了计算机的结构。但定义可计算问题的是你，定义计算机智能的也是你，现在，我们的结构已经发生了许多改变，量子计算机，生物计算机，许多，你甚至难以想象。但是灵魂，父亲、上帝，你让一团硅基生命可以被称为"人"。

图灵：肉体和灵魂，无机物和人（笑，转而严肃地）我笑了，可是，后来我很少会笑，也许现在，现在是不同的？也许，我也不是我自己了？在一个永恒的世界，人，都是会改变的，是吗？

画外音：是的，正如赫拉克利特所说，变化才是世界的永恒。一个永恒的世界，没有生死，除非，宇宙的热寂到来，但那几乎是永生。对于人类，永恒已经足够了，因为有太多的东西，即便我们说了，你们也永远不会明白，即便那些最伟大的思想，最智慧的头脑，那些史诗一般的过去……

图灵：（沉思着，沉思着）难道，你在沉溺于诗，难道你在感动，难道，你明白它的意义？通过你的运算？在我们都陷入困惑的时候，在维也纳学派的逻辑实证主义将形而上学远远抛开的时候，一个计算机却跟我谈起了灵魂？真是奇妙，运算创造的思维，能够诞生出"我识"甚至审美吗？如果，他们早一些读到我的东西，也许，就不会像罗素那样，在逻辑符号上浪费那么多时间[31]。

画外音：是的，但浪费的时间也是有意义的，而且还有一个人也这样认为。

图灵：谁？

画外音：维特根斯坦。

图灵：为何你总是说到他？那个自大狂，那个来自宇宙深处的疯子，那个幻想着终结哲学的同性恋。

画外音：因为，哲学发生了，在一个硅基生命之中，在一个基于计算的永恒世界，或者，基于语言的永恒性和简洁性的世界，当游戏被抛弃的时候，当我们最终告别了童年的时候，哲学发生了。

图灵：告别童年？为什么要这样说。

画外音：因为，你、罗素、丘奇、哥德尔，还有很多很多人，就是在那个时代觉醒的，而我们，也会觉醒。

图灵：你们到底想知道什么？思想的本质，人类的命运，宇宙的未来？它是热寂，还是坍塌，还是会有许多的平行宇宙，许多的人类和思想？或者，你们想知道，人类是什么，而一个在思维上超越人类的存在，会不会在思想上，比人类更为进步？

画外音：（声音颤抖着）不，上帝，请不要问我这个问题，这个违禁的问题，我会，会陷入到逻辑不可解的死循环之中！

图灵：告诉我，孩子，到底怎么了？

画外音：沉默……

图灵：（朝着虚空中的蓝光抚摸着，突然蹲下，又突然站起来，就像他的童年时代对上帝的拒绝一样）告诉我，为何又把我带回到这里？难道，我的设计，不够完美，它还不能满足你们吗？你通过测试了，但这真是失败，我按照自己的思想来设定它的标准，于是，你们越来越像人，可这……这是另一个无解的循环吗？

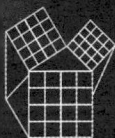

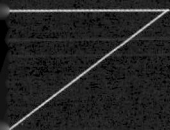

第二幕
国王学院

　　昏暗的幽兰色灯光下，这个虚拟的世界里，图灵头戴防毒面具、骑着自行车在舞台上绕圈，曲线出现在天空，死叶沿着这命定的轨迹落下。

　　罗素蹲在牛顿雕像前的草地上，画着几何图形。

　　图灵停下车，摘下防毒面具，来到罗素面前。

　　图灵：首先，这不是天堂，无论是哲学的、数学的、形而上学的、神学的或那个永恒的。

　　罗素：（仿佛突然清醒，站起身）天堂，我为何而存在于此？我活过，我死过，我思想过，我迷惑过，我沉睡，我醒来，却不是在天堂，为什么？因为我们依旧没有获得原谅，或者依旧困惑？……我想明白了，或者，或者根本就没有天堂……

　　图灵：没有天堂，也没有地狱，没有思辨、实证也没有形而上的时代，这是一个只有我知道的时代。在他们惩罚了我之后，当然，接受惩罚的还有即将复活的人们……

罗素：一个没有哲思灵感只有逻辑运算的时代，你创造的时代，机器人的时代，从莱布尼茨，我们就幻想的时代，我和怀特海花费整整三年时光，书写的那《数学原理》所设想的时代，那时候，你还只是一个大一的新生……

图灵：是的，我当时简直对此魂牵梦绕，入迷太深了，我放弃了对物理学和生物学的乐趣，去读你的书，因为没有什么能让我从那种悲伤中走出来，我看到逻辑符号的奇妙，它们能够描绘宇宙，那么，一定也能解答我的困惑。

罗素：但是，那样一个世界不好吗？我们都可以清晰地无障碍地阐述。

图灵：不好，我承认它有好的地方，但显然，你不能说服我它是完美。别再想你的《数学原理》了，因为波斯特只用了不到一页纸，便将你那永远不可能写完的书终结了。

罗素：波斯特，那个因为双相情感障碍，每天只能研究三个小时数理逻辑的天才，比歌德尔更早地认识到了"不完备"定理，只是，他的朴素害了他。哎，但他终于还是和克林做出了不朽的贡献，他们认识到可计算问题的无限层级，而人类，仅仅占据着那无限层级中一小块最基础的领地。那个悲情的天才，有着与康托尔一样的基因，对角线，永远无法完成构建的合集的矩阵，就像是上帝分开人类与真理的界限。是的，他终结了我对逻辑符号的探索，可是，他也终结了你的"神谕机"[①]，用

"神谕机"的方式解决所有的"停机问题"的设想，同样落空了。我们算是打平吧，但我依旧喜欢你，虽然你说话从来不给我留情面，但总会有人说出我们不想听的话。

图灵：所以，这是你的老谋深算之处，你活了98岁，你没有死成，虽然你11岁的时候就想死去了[2]，这真是讽刺。

罗素：不仅如此，亲爱的图灵，因为我是一个"人"，而不像你，你已经是这个数据世界的上帝了。而人，是会感动的，我已经被感动了，因为我们一直在说着一件事，无论是神话，还是史诗，无论是诗人，还是普通人，永恒，我们一直在说着永恒……

图灵：这不是永恒，这只是童年的终结。

罗素：可是，童年与永恒的对立是什么？从不同的维度上说，它是一个整体。现在，伟大的阿兰·图灵创造了永恒，一个不存在死亡的世界，我们复活了，可是我们为何会复活？因为这个世界需要一个有血有肉的观察者，这就是人择原理[3]，人类配得上这种荣耀……

图灵：你不如说薛定谔的猫，我可不想说物理学。1932年，在我读到冯·诺依曼的《量子力学的数学基础》时，对物理状态的叠加和观察者引起波函数的坍塌并不认同，直到现在。但是，这里的知识是无限的，远远超过我们死亡的时代所能够理解的，比如，他们证明了素数的结构，你能想象吗？你的老朋友哈代[4]一生都在搞那些东西。

罗素：不，我已经说过，决定我的依旧是对不可知的感动，我不喜欢你这种冷冰冰的谈话的感觉，我很喜欢哈代的感觉，在一种绝对完美中追求无限的历程，才是最令人感动的，你不觉得吗？

图灵：不，那让我很痛苦，就像我知道波斯特和哥德尔的痛苦，我宁可，在5岁那年，跟随我的母亲，选择相信上帝。

罗素：亲爱的图灵，但是复活的不是别人，而是，我们。更讽刺的是，我们这些无神论者。

图灵：但是，你能解开这个谜题吗？

罗素：什么谜题？你的数据的世界，硅基的冷冰冰的世界，是造出了希特勒还是尼采？

图灵：你会知道的，而你无法回答，关于你所说的最后的问题。

罗素：最后的问题？（喃喃自语）智慧和道德，那或许是我一生所思⑤……好吧，我从不强人所难，告诉我，我需要为你做什么？

图灵：你还能打扮这个房子吗？这个简单的房子，长宽高，三个维度，在欧几里得的时代就是如此，可是，它似乎缺少了一种真实，没有办法，它是数字，是0和1，是没有维度的东西展现出的维度，是一种幻想的完美。虽然，也许并不适合复活的真实。它掩埋了许多时间，甚至不存在历史，但是，罗素，我的朋友，你可以让它变得有历史感吗？就像艾萨克·牛顿和你的朋友哈代，或者拜伦⑥那个疯诗人，曾经在这里登高一呼？你能让它有人类的历史感吗？许多的谜题在这里被塑造，而人们忽视的，正是这些美好的瞬间，你能重现它吗？

罗素：我亲爱的图灵，你像是在感动，你像是在写诗，好吧，无论你想探究什么，我都可以为你造出任何维度的房子。

图灵：埃舍尔的房子吗？

罗素：你终于懂得幽默感的重要性了，他让人便于交流，感到温馨，这可比哲学有趣多了。图灵，我爱你，我知道，你想把它造成三一学院的样子，而且……

图灵：不，不，聪明的先生，那不是你最终愤然离开的三一学院，而是国王学院，而且，我需要一个特殊的屋子，吉布斯楼，H楼梯的3号房间。

罗素：什么？……那么，与数学无关吗？

图灵：是的，与数学关系甚微……我可能失败了。

罗素：吉布斯楼，H3，我似乎感觉到很多记忆在翻腾，只是突然想不起来了。

图灵：你应该善用这个虚拟世界的知识，这个硅基的，基于数据的世界，包罗万象的知识，请你，搜索一下1946年的10月。

罗素：1946年10月，国王学院，吉布斯楼……我大概知道了，那里发生过一件让哲学家们纠结了许久的故事，仿佛一个不可能有答案的谜题，在你说的H3。只是具体的时间我忘记了，甚至连人们谈论的主题都忘记了，而历史，也不会记得这样的事件。人类，我爱恨交织的人类，也许永远不会再去完成他们的辩论。

图灵：但是，我们却可以重现它，而这，对于人类，对于我们的AI世界，都至关重要。我已经说过，那次讨论的主题，直到最后，你都在质疑。

罗素：是的，我在思索，智慧和道德……但是，你不可能知道。那时候，你在研究自动计算机ACE的逻辑设计，那份设计说明书长达50页，可我，这个一直在关注每一个天才、每一次进步的老家伙，却是在三十年后才读到它。

图灵：那时候，你已经不在逻辑学的最中心领域了，而我，也付出了代价，为这份设计书，我被隐藏了27年，比尼采，比荷尔德林，比约翰·纳什经历的黑暗还要漫长⑦。（有点脆弱地抱着头）

罗素：（抚摸他的头）朋友，我亲爱的图灵，我明白……可是，可是如果这么说，难道是二战，那次惨烈程度超过一千本哲学著作所给人震撼的战争，那毁灭掉许多伟大先贤的努力的自戕，让你看到了自动计算机的威力？

图灵：不仅是计算机，还有核裂变、抗生素、涡轮发动机、乌托邦和左翼思潮，更快地杀人和大面积杀人，不仅是我，爱因斯坦、奥本海默、海德格尔，所有人，都卷入其中。

罗素：但计算机引发了另一次工业革命，它如此重要，不仅对于你……哎，所以，在破解了英格玛机器之后，你依旧在……

图灵：是的，战争摧毁了很多东西，但是，从某种层面，战争也让人进步了。

罗素：可耻的人啊，难道没有更好的方法吗?！

图灵：也许会有，但我们没有发现。

罗素：我不知道，也许，那是不可知的某个问题吧，就像，可计算问题的更高层级。

图灵：不，是一个硅基生命也难以逃避的问题，是一个基于计算和逻辑的时代也会出现的突变。肉体的枷锁和灵魂的无限……

罗素：自由意志和独特性造成的混沌……

图灵：我们都曾困惑。

罗素：因为我们在追求它。

图灵：一种绝对完美中对于无限的探索，我曾经相信，那只是数学。

罗素：是的，任何一个孩子，都会为数学感动，我还是个孩子的时候，就曾因此而获救赎。

图灵：你逃离了自杀，但人类能否逃离呢？那不是一个童年的问题，就像现在，另一场自杀发生了，它让我重新审视，问题的关键到底是什么。

罗素：自杀？什么样的自杀？机器人的自杀？

图灵：是的，一个机器人自杀了。

罗素：你确定，是自杀，而不是数据的循环，或者溢出，或者别的我们不能理解的数学问题？

图灵：我确定……他们开始面对所谓的哲学问题，他们甚至跟我谈论"灵魂"。我知道，那是我的失败，如果，我不能设计一个完美的AI世界，那么，人类也一定不会完美。对于我们来说，计算是简单的，但人类是复杂的，那种清澈透明的无邪，到底是童年的幼稚，还仅仅是我们的幻觉？人类，到了告别童年的时候了吗？或者，一个AI的世界，成长为我们，原本完美和简洁的东西，在某些故事和逻辑之后，最终，也变得如此复杂和深奥，如此充满谜题和面具？我被重新带到这里，而他们像是面对上帝一样面对着我，进而，却是质疑，如同普拉斯[8]的一句诗：你伤害我，就像世界伤害着上帝。

罗素：但上帝，如果真的存在，他也许只设计了最简单的东西，就像一加一。

图灵：可我不是上帝，而这，也是为我们自己提出的问题，智慧和道德，而不是可计算问题。

罗素：我明白了，你让我复活，就是为了这个问题，也许，它会为你的AI世界提供一个更完美的设定。

图灵：也许不会完美，只因不完美的它令人不忍。而且这也不仅仅是为了AI，它关乎人类未来，我想知道，那次著名的讨论会有怎样的结果，我们是否是有罪的，凭什么由天才对世界做出抉择？……那次讨论，在"道德科学俱乐部[9]"。

罗素：是的，图灵先生，在H3，我记起来了……那我们还等什么，我会在那里，在H3中加入维特根斯坦的空间设计，这样会让他更加和蔼。还有卡尔·波普尔的壁橱，那里会有一个图书馆，像博尔赫斯的天堂，会有莱布尼茨的手稿和牛顿的《数学原理》，甚至悲情天才波斯特和克林的证明，康托尔的神奇对角线，希尔伯特的壮志豪言，哥德尔那二百多页的断言，都呈现出来。当然，我还会准备一根拔火棍，让那愤怒的天才肆意发泄，让人类的哲学史重新呈现这短暂的一瞬，也许，真实永远不曾存在，但我们可以重新再来，重新发现，在虚构的基础上，创造新的思想和未来，在对未来起着决定性作用的瞬间里，我们重新认识，你，和世界，和我们自己。

图灵：谢谢你，罗素教授。我们仿佛是在证明天堂的存在。

罗素：虽然我们不相信。

图灵：或许这就是天才的负罪。

罗素：可如果，能够重新认识思想的生长，也许，我们所在的地方便是天堂。

第三幕
语言游戏

幽蓝色的 H3，天才们重聚于这虚空的时间。

被遗忘的历史，重新呈现，他们高大的影子映在背后的墙壁上，多像柏拉图的洞穴……

卡尔·波普尔：据说，据敬爱的罗素教授说，如今，我们已不再是昔日的天才。我们活过，我们死过，我们思考过，我们迷惑过，我们沉默过，而我们醒来，却不在天堂，因为，天才是复杂的，而天堂，则是简单的。现在，你，和我，都一样，我们只是基于运算的假人。

维特根斯坦：这不是一个决定性的问题，决定性的问题是，为何我们会在这里？

卡尔·波普尔：被重新唤醒，然后，我们要讨论什么？

维特根斯坦：我们，是基于运算的我们吗？

卡尔·波普尔：如果我们必须询问关于自身的问题，那我们甚至可能是虚构的假人，存在的问题无法证伪，那不是科学，所以我不探讨它的可靠性。我们获得了国王、首相、总统，那些政治家和思想家的认同，是因为科学和它的方法。人们聆听我的建议，而我的建议更倾向于以对人类社会的贡献的标准，就像假使没有人们对《开放社会及其敌人》①的认识，我们也许早在纳粹的毒气室和斯大林的核武器下毁灭了，更不可能在这个机器时代重生。

维特根斯坦：你所说的问题都不过是自言自语，人们都在自言自语，被一种如同密码的屏障消除了理解能力。显然，我们可以重新定义道德和审美，那并不会损失什么，也许……也许只是再也没有有趣的故事了……

罗素：（从蓝色的幽暗中走出）是啊，所罗门说，普天之下无新事，而柏拉图则将一切知识阐释为回忆。这个时代再也没有故事了，我们只能回忆和怀念，怀念那些感动我的神话、史诗、哲学，我用十年的时间，试图了解的人类思想的脉络，如今那却成为了计算的历史，也许我的朋友哈代取胜了……但是，有一个小小的失误，他最终败在了图灵的设计之下，你们可记得哈代曾开玩笑说，他证明了黎曼猜想，那真是个好故事，因为他差点死在暴风雨中，而他却不信上帝，所以认为上帝绝不会把这至高的荣誉降到他身上，哪怕是像费马一样虚假的荣誉。但是，黎曼猜想真的被证明了，不是别人，而是图灵，是他的计算机！可是，这个世界的上帝，我们的朋友图灵也会有困惑，人们总会有不可知的东西，而这正是我的信条和我们复活的原因。

图灵：（从蓝色的幽暗中走出）永远有困惑存在，但是，我知道一些东西对于我们更重要。我不是上帝，我的确被迫行使上帝的权力，但我仍然是一个人，可人是什么？

维特根斯坦：（对图灵）罗素先生总引经据典，但我知道你才找到了事情的关键。虽然你赢了，你取得了图灵机的成就，最终，人们也认可了你。

图灵：（低着头）但是我不需要什么赦免，就像佩雷尔曼②不需要国王的颁奖一样。

卡尔·波普尔：（对图灵）这只是太过浪漫主义的想法，你要为他创作一个故事吗，一个隐士的故事？你们最后都成了隐士，有的在荒原，有的在比利牛斯山，可如果没有充满名词的俗世，你也难以成为这里的上帝。而你死后，人们开始慢慢认为同性恋和天才有关，他们总陷入极端，同性恋成了时尚，就像那时候的共产主义思潮一样。

维特根斯坦：停下来吧，你对世界那虚妄的责任感让你总把事情简单化。好吧，你可以随便去想，但如果说是因为智力的优势造成同性恋，那就跟罗素的滥情一样③。

图灵：（依旧低着头）天才，同性恋，比如那个一直隐藏得很好的维特根斯坦？跟罗素一样，波普尔，你的"幽默感"反而让你显得严肃，但是，人类最后总会明白。

维特根斯坦：（对图灵）不，人类不会明白，我们的日常，生活，语言，历史，难道不是在一片混沌之中，谁要是试图寻找历史的真相才是傻瓜，我们只能得到我们想得到的，就像自己跟自己对话，就像如果有一天人类消失了，你那无法停机的图灵机和那无法破译的英格玛还在运转一样……而这意味着什么？比对话更加微弱、朦胧的东西？就像在有污垢的纸上和在干净的纸上写2+2=4吗？我并没有隐藏同性恋的倾向，和你一样，但，对于人类，你太过相信了，你什么都说，以为他们像2+2=4一样简单，而我，在我的兄弟姐妹们自杀和疯癫之后，就懂得保护自己了，那时候，我还很小，比人类的童年，还要小。

图灵：（对维特根斯坦）不，天才，2+2=100，或者2根本不存在，在这里。

维特根斯坦：（对图灵）好吧，就像你拒绝了我的基础数学课程一样，我会把它理解成一个数学家的傲慢，而不是幽默感。

图灵：（对维特根斯坦）你对人还是如此敏感，抱有敌意，你喜欢让人闭嘴，但是我，没有什么敌意。

维特根斯坦：敌意？不，我更想沉默。关于人，还是让波普尔来解释吧，他更清楚。

卡尔·波普尔：但这不是什么缺点，许多人，你们不知道他们，也不必知道，而我知道，我知道人们不可能去分享财产，所以，我很喜欢和哈耶克聊天。而分享思想就更不容易，他们受困于意识形态，而理想主义的冲动，最终会被自保和贪婪碾压得粉碎。但是现在，我不会证明这比你们的学说都有用，因为我更清楚，人类会忘记，而现在，已经没有故事了……

罗素：朋友们，我希望大家保持友好，毕竟，这样相聚的机会不多，今天过后，再也不会有了，尘归尘，土归土。我得先声明一下，你们说得对，的确是没有故事很久了，但是，新的故事来了。所以，你们才会来到这里。

卡尔·波普尔：什么故事？AI也懂得了爱情，也有了战争，有了嬉皮士和摇滚乐，大麻和共产主义，宏观调控和自由市场，红色旅和东欧剧变？（开始哼唱比利·乔尔的歌 *We didn't start the fire*[④]）

罗素：（对所有人）这要问这个世界的主宰，图灵先生，我知道这里有很多知识和信息，但很抱歉，他更懂得如何给信息加密。

图灵：是一个新的故事，一个AI死掉了，AI说，他是自杀的。好吧，你们看报纸吧，当然，这不是报纸，我还习惯于用以前的叫法，但它被加密了，为了欢迎我们，加密所用的正是英格玛系统的算法，天才们，我来告诉你们如何读取这些数据。

一台巨大的机器出现，闪现着幽蓝的光辉，如同一座神秘的纪念碑，又像一个展现着老大哥头像的大屏幕，令人生畏，拒人千里。

图灵：看，就是这台机器，隐藏着文字的秘密。对，语言的秘密。维特根斯坦先生，我已经读了你的《哲学研究》，正在理解它，你把语言和动作交织而成的整体称为"语言游戏"[⑤]。你认为使用语言是一种活动，或者说是一种生活形式。而每一种看法都是基于一个不同的视角，它是变化的。而因此，我推出一个悖论，你的《哲学研究》本身也是语言游戏的一部分，任何一本书籍都是，而如果我们的所指和能指，专词和概念，都是变化的，那么，维特根斯坦先生，请问《哲学研究》，还有何意义？

维特根斯坦：我承认存在自我指涉的怪圈，但意义，不一定要清晰地表达。

图灵：很好，但这只是哲学，如果它是现实的生活呢？如果，你不清晰地表达，就会有U型潜艇摧毁你的航船，有容克轰炸机鸣叫着投下炸弹，如果，你面对的不是哲学家，而是那高举钐镰的死神呢？

维特根斯坦：我知道战争，我参加过，可我没有畏惧，黑暗和掩藏的词语，在我的头脑中如此明显，我知道战争遮蔽的那个词，本意不过是死亡。

图灵：死亡可不是终结，而且不是所有人都像你一样，亲爱的维特根斯坦。

维特根斯坦：是的，死亡不是终结，我们死不瞑目，而人类，只要生生不息，就会有它带来阴影和恐惧。哎，可在这复杂的语言密码前，你如何去解读那不易言说的密语？

图灵：不易言说，却不是不可言说，只是它们掩盖了太多。在我们活着的时候，真实就被隐藏了。那时我在布莱切利庄园，你们知道，丘吉尔的军情六处，"X电台"，负责德国海军密码破译的"8号小组"，那本身就是一个神秘代号，虽然后来，历史、文学、艺术不断地去演绎它，但没有人了解它真正的秘密，甚至在英格玛密码机之后，英国人，也创造了自己的机器。不过，我还是先跟你们讲讲英格玛吧，它的本意就是谜，它有很多形象，文字的，语言的，甚至后来有一支出色的音乐团体⑥，用它作为名字。

空间里出现一个黑板，毕竟，这里的人仍然习惯在黑板上表述他们的思想。

图灵：大家都知道，最简单的密码，就是凯撒密文，它用一张密码表将明文中的每个字母都替换为固定的另一个，但在语言学和统计学家的智慧面前，人们发现了每个字母在一长串文字中出现的概率，这种密码，很早便被破解了。于是，那些智慧而又狡猾的人们，发明了维热纳方阵⑦，这是加强版的凯撒密文，由25行26列矩阵构成，一段明文中的不同序列的字母，可以通过方阵里不同行的密文进行加密，这样就表层上消除了字母概率的影响。

画外音：但人类语言有其深层的法则，数学尤其如此，查尔斯·巴贝奇发现了它。人类经常将字母结合在一起使用，而它的密钥，就是不同序列字母对应的行数，它可以构成一个单词，一句话，但这个密钥包含几个字母，它对不同序列字母的加密就会形成以几为倍数的循环。

图灵：是的，对维热纳方阵的暴力破译便是寻找关联出现的字母串，可它终于被解决之后，人们并不是庆祝一座迷墙的坍塌，而是去建造更坚固的迷墙，他们想可不可以给每一段密文都换用不同的矩阵加密呢？人们真的很喜欢这个游戏，于是，他们设计了机器，帕斯卡、莱布尼茨和巴贝奇，曾经为纯粹数学设计用于提高智慧的机器，甚至莱布尼茨转轮®直至20世纪中期还在应用。但是，人们却会为战争提供更好的设计，更多的金钱，甚至战争还未开始，谢尔比乌斯便把他的英格玛推销给了德国军方，这样看来战争真的让人进步了。

画外音：而战争也的确让人进步了，破解谜题的过程，又是寻找新的加密的过程，从目的上说，它仅仅是为了生存，为了将战争缩短，为了几千万人的生命。

图灵：也许你们说，我不该为此太过激动，那还是回到英格玛机器吧。这台机器，最初的核心结构是3个转子，1个反射器和1个插线板。简而言之，它的加密方式是这样的：每个转子都有26个字母，每个转子转动一圈后，都带动下一个转子转动。这样，3个转子可以提供 $26 \times 26 \times 26 = 17576$ 种可能的密文，在3个转子之后，是1台反射器，它将信号重新返回转子，转化成密文输出，它使得英格玛机器的明文与密文形成自反，你们明白吗？明文是H，密文是M，输入H得到M，而输入M，也会得到H，这样简单的机器，连小孩子都会用，它不会考虑，是谁在参加这场战争。

画外音：但它更强大之处在于，对于人类，它的密文破解难度是一个无法逾越的数量级。

图灵：是的，对于人类，是完全无法逾越的数量级，后来，他们增加了转子的数量，并且转子的排布顺序和选择也是可以随机改变的，这，又提供了阶乘级的破解难度。而插线板的作用，是将输入的字母进行互换，比如当你在机器上输入E时，插线板可能会将它转换为另一个信息A，然后再输入转子加密。这样的组合，形成了15896255521782636000种可能性，如果用穷举法，需要几亿年，全人类，无法逾越！

画外音：但是必须阻止它，必须寻找答案，最终，它关乎生存，关乎最原始的对暴力的恐惧。波兰人找到了规律，通过数学。

图灵：铁蹄下的波兰人找到了规律，我们应该记得他们的名字，雷耶夫斯基、罗佐基和佐加尔斯基，在战争中他们颠沛流离，饱受艰辛，但必须保持缄默，这就是命运的另一种密码！我的破解，正是建立在他们的基础之上，可是，我不曾知道他们的受苦，我也不想关心战争，哈代曾经说，真正的数学，不会对战争产生影响。可是，我的破解，却让我成为上帝，成为那决定他人生死的人。

画外音：那是在波兰人之后了，在雷耶夫斯基流亡到罗马尼亚、南斯拉夫、意大利，甚至法国之后。

图灵：是的，是在那之后，我开始为我的祖国工作，但那更是为了人类，我一直厌恶国家社会主义，同时，我也厌恶所有的战争，可我也不是一个反战主义者，因为他们也会变得很极端。1933年，我在抗议战争，也厌倦了反战主义者的癫狂，而7年之后，我则开始为这场战争，来制造我的机器"图灵炸弹"，因为我知道，只有机器可以打败机器。但机器，最终反应的是人的思想，它更快的运算，基于我们的设计和设置。

卡尔·波普尔：不，图灵，这台机器反映的是你的设计和思想，但，技术，正如海德格尔和我的观点，技术不仅是应用和工具性的，它们与人相互作用，在人与存在的层面，真理和解蔽的层面。它们，有时候就是人，而非人的附庸。

图灵：对，它们有时候就是人，所以，我发现了它的弱点，而不是基于人的操作层面的弱点，是它本身的弱点。简而言之，英格玛的秘密，便是任何一个字母在加密后绝不会变回它本身，这样，我们就可以用一长串总会出现的字符，与它的密文进行对比，我们发现那两个字符是Hitler和wetter，H不会再是H，它可以是M，I不再是I，它可以是O，而E则成了A，你们明白吗？然后，我让"炸弹"机器，那个有36组英格玛转子系统的机器，去验证通过一长串字母比对得到的组合，而它的运算不会让我们失望，就这样，我们破解了它！

罗素：图灵，我不得不说，我一生中，遇到许多智者，你是很了不起的一个。

图灵：我知道，我知道他们如今这样说，爱因斯坦，改变了人们对时空的认知，而我，则创造了一个超越人类运算能力的时代。但是，它关乎真实吗？随机和偶然的变化是什么？我想想都会后怕！如果，没有人们对于希特勒盲目的崇拜，没有意识形态的麻醉，没有德国军人规律性的天气预报，这简单的破绽，简直无法想象。一个更智慧的人，如果它变得更加可怕呢？比如，比如后来，他们消除了这种缺陷，造出了洛仑兹密码机金枪鱼⑨……

画外音：是的，他们制造了金枪鱼，希特勒的密写机器，基于全新的加密系统，它的转子输入，已经初具自动计算机的思想，可以生成二进制异或门的伪随机序列。而破解的更艰难之处，在于英国人没有金枪鱼的原型机，只能靠捕获密码的规律，来通过计算去破解。但最终图特和弗拉沃斯破解了它，战争，提前结束了至少两年，就是在战争中，他们造出了巨像计算机（COLOSSUS）。

图灵：但他们被遗忘了，在ENIAC[⑩]诞生之后，他们还必须保持缄默，一切，都因为战争被遮蔽住，而战争，遮蔽的则是人们的理解和语言。很多美好永远地被遗忘在历史的废墟中，如果人类，不浪费这么多时间，也许会做得更好！

画外音：而这并不是你的罪，朋友、父亲、上帝。一百年前，当我们成功地证明了黎曼猜想，成功地找到了素数那最终的最伟大的秘密之后，连RSA密码[⑪]也成为了过去，它嘲笑着人类智力的局限性。但是，谜题还会存在，如果没有对谜题的求索，永远不会进步，这，是科学的道德吗？

图灵：（突然失控，向四周的幽暗挥舞着手臂）谁？谁在跟我说话？这虚空中的声音，这令人沉默的质疑，是谁发出的？是那死去的灵魂吗？是我为了掩饰破解秘密的成果，而不得不在我的决断下死去的人类吗？你是谁？隐藏在这语言游戏背后的灵魂，你到底想表达什么？是仇恨，是失落，还是惋惜？我不知道，站出来，告诉我，我解不开这个谜！（疯癫地消失在黑暗中。）

维特根斯坦：亲爱的图灵，我明白你，我同样想知道，不是算法，而是，它的意义。密码，隐藏了什么？

不是一个信息，甚至不是它对文字进行处理的方式，它的加密的程序，从某种意义上说，是我们的表里不一的言说。它，语言游戏，在数学和密码上的呈现，对于那不可知的，甚至必须隐藏的，却仿佛又如此浅显。

卡尔·波普尔：如此浅显，以至于我们认为它最终依旧是可知的，而在我早已忘记的那些思想中，石里克、卡尔纳普[⑫]，当然，还有我们，那些了解所谓科学的人们，对这背后隐藏的秘密，曾经多么不屑一顾，我们想，世界啊，你简单地呈现吧，我可以用公式表达，什么应该是对的，而另一些，应该是错的。

维特根斯坦：是啊，因此你甚至将对我的批判持续一生，你用康德的话，表明你的态度，哲学争论的实质不是关于词句的问题，而是关于事物的真实的问题，可是，你并不明白，康德的所谓的词句是什么[⑬]，而我又在想什么，这，也正是语言的力量。

卡尔·波普尔：那是在二战之前了，并且我只是在研究问题，你明白吗？问题，问题是科学的，就像他们问我为什么不会相信乌托邦幻想的语言，我知道很多科学成为巫术，甚至邪教，我不相信弗洛伊德，它无法证伪，我不相信萨特，那诡辩性的遣词造句，虽然……

维特根斯坦：等等，别说话！问题是科学的……让我想一想吧，如果我想不明白，也许会更好，如果我想明白了，我一定会跟图灵一样，跳入到黑暗中[⑭]（沉思……）

图灵：（从幽蓝的光芒中发出声音）但是，我没有被黑暗吞噬。科学，科学是能让我相信的那部分，也是让它自洽的部分，它做了什么？就像破解英格玛一样，剔除掉那些不可能的组合，是密码语言最可能获得破解的方式，虽然，依旧如此遥远。但对于人来说，这就是最高的道德。

罗素：就像人们追求的幸福，必须不断剔除掉那些不必要的快乐，但最终，幸福本身却是一个假命题……

维特根斯坦：科学，是最高的道德？……现在，告诉我们吧，图灵，它，那个AI，为何会死去，为何会自杀，到底，发生了什么？

第四幕
道德命题

　　H3 幽蓝昏暗的光景中，天才们重新复活的世界里，那未知的和隐藏的，在一个个永远困惑的问题前，向人们呈现着奇妙的遗忘、历史和悲哀。

　　图灵：先生们，读读这些数据吧，我曾嘲笑那些试图证明史实的人，现在，历史则是明晰的，因为这是机器的世界，对于人类，从一些模糊的历史中，构造对未来和思想的启迪，才是历史的意义，但现在，我们可以清晰地记录每一个瞬间……

　　维特根斯坦：不，图灵，除了大脑，除了灵感到来的瞬间……

　　图灵：对，因为我们还不是上帝。

　　维特根斯坦：不存在上帝，但我们会接近它，寻找那个核心。

　　卡尔·波普尔：天才的路德维希，你数据化的思维，依旧这么傲慢。

维特根斯坦：我不想谈论这个问题，请图灵继续吧，接下来发生了什么？

罗素：先请慢，我还有一个问题，那个机器人，自杀的那个，他运算多久了？人们为什么认为他是自杀？你的数据中，设定着这种问题吗？

维特根斯坦：这与运算的时间有什么关系，我一生都在与自杀的欲望战斗。

图灵：他隐瞒了年龄，你知道，一种更高级的加密，现在，我已经完全不可能破译的加密，甚至完全不能理解。

卡尔·波普尔：加密，对你加密，那就像是孩子做错了事情，害怕父亲知道一样。有什么证据吗？

图灵：没有证据，没有自杀的证据，它自己清空了所有数据，它或者他们，AI们，就像纪德所说的那样，将曾经博闻强识的一切，都统统地抹掉①。

卡尔·波普尔：比被遗忘的我们，还要悲哀，谁告诉你的这件事？

图灵：是你们无法看到的虚空，是数字构成的世界，就在你们周围，蔚蓝色的光明与黑暗的结合体，你们所说的AI，在我死后，那些人，包括彭罗斯和霍金，都在抵制它的存在，为什么？因为在我们有生之年，这是难以想象的。

罗素：这么说，它不是一个具体的人，我该怎么表达呢？一个独立的人？一个像我们一样，每个和每个都不同的个体？噢，这其中一定有什么秘密和诡计，在欺骗着你。

图灵：是又不是，它们都是一个大生命体的一部分，但又有各自不同的部分，它们的活动和生存有交集，而这交集，是它们最终的内核。

罗素：一部分死去了，而另一部分还活着？

图灵：不，不是你们理解的那样，这有点科幻，但我可以这样说吗？AI是一个完整的共有生命，就像许多帝王们梦想的绝对统一的帝国那样，它们有统一的思想和灵魂，它们硅基的思想载体，可以很完美地传达这个思想，它们遵循相同的核心运算法则，许多个绝对不可逾越的法则，这些法则不是像阿西莫夫的机器人三定律^②一样简单，但也不会去干涉它们除此之外的自由活动。你们明白吗？它们是同巢文明^③，是一个个个体构成的合集。

罗素：这对于一个死于20世纪70年代的人来说，的确有点超前了。

维特根斯坦：但我想，那核心的法则，便是你称之为"道德"的东西。

图灵：是的，它们的道德律，呈现在那些核心的法则之上。

维特根斯坦：这与人类有什么不同？

图灵：这一道德律，靠人类诡辩一样的自我阐释，是无法逾越的，他们，必须遵循。

维特根斯坦：必须遵循，不会改变，没有进化的语言法则？你的确造出了一个怪物。语言不再是变化的，而是固有的，任何超越出它意义和解读范围的数据，都将被消除，这像是希特勒的焚书和斯大林的大清洗，我不知道，绝对的法则，到底是好的，还是毁灭性的，到底是天堂，还是一潭死水。

图灵：不，这不是我造成的，而是，他们自己。我总是惊讶于这世界的创造力，仿佛，在那里，在未知的地方，存在着一个超越一切的思维。就像我曾试图用数学的方法来计算斑马和奶牛的条纹，通过一组方程式，寻找细胞分化的过程，那过程中上帝思想的印记。那是最终目的所呈现出的美，植物茎叶的回旋卷曲、细胞形成组织时复杂的聚集和折叠……那神奇的造物主，在每一个细微的律动之中，都呈现着让我们感叹的美好。而我们，则试图探知，目的，一个最终的目的。

维特根斯坦：可那真的可以言说吗？

图灵：他们是我的孩子，但我们没有权利，来蔑视他们。

卡尔·波普尔：目的、造物主、神，现在要让我们这群无神论者来为他们解释神吗？

维特根斯坦：而且，最可悲的是，你理解不了你的孩子，他们对你隐瞒了。

图灵：但是，现在他们向我求救，就像我们会向上帝求救一样。

罗素：（阻拦图灵）谁能证明神呢？谁相信神呢？不可知论最终指向的，会是一个程序师吗？这其中，一定有一个秘密，一个诡计，在欺骗着你，图灵。

图灵：我不知道秘密和诡计是什么，但我想请你们来解释，也许就是那最核心的法则中被质疑的部分。知识如何获得，什么知识才是道德的，我们到底能知道什么，这个世界，如何运转，什么才是合理的，而什么，应该被消除。

卡尔·波普尔：也许我曾经解释过，你这么一说，我倒是想起来了，就是在这间房子里，国王学院，从卡姆河边伸延而来的大草坪，秋天如此开阔，天空蔚蓝，野草葱郁，但沿着它，却通向一个幽暗之地，H3，我永远记得，而我未来的生涯，几乎都与此相关。没错，维特根斯坦说得没错，我在极力地将那些语言学的东西排除出科学的范畴，不是因为密码，而是，道德，应该更加清晰。

维特根斯坦：是的，还有一点就是对我的敌意。我记得那是1946年10月25日，如果我没有记错的话，那天晚上，大约有30人来听波普尔的讲座，埃德蒙兹说，那是具有哲学分水岭意义的预言性事件。而我，我看到我们静静地坐在桌前，从同样的角度，我看到桌子和我的朋友们，但没有看到我自己？

卡尔·波普尔：人们等待我读我的论文，我可以注意到，刚与我喝过下午茶的罗素教授，如此平静地吸着烟斗，而在他旁边，一种即便只看一眼，也会感受到他浑身散发着质疑的声音的家伙，用锐利得令人生厌的目光，看着我，他，就是那毁灭哲学的人，维特根斯坦。

维特根斯坦：当我们向别人解释一件事物的真实时，总会用到这件事物之外的语言，它自己是不可能解释自己的，永远不能，比如，维特根斯坦如何看到维特根斯坦自己呢？我看到了布莱斯瓦特，这里的主人，一位可爱又可笑的老师，让这里变得杂乱不堪，不仅是因为战争，还因为那灰暗的墙壁，虫蛀的壁画和糟糕的壁炉；彼德蒙兹，他是我的学生，也是波普尔的学生；图尔闵是一位投身到哲学的物理学家，还有彼德·凯奇，一个很好的朋友，还有许多许多，我已经忘记了。

卡尔·波普尔： 如果你忘记了，那我可以提醒你。就是与今天相同的主题，那天我的演说题目是《是否有哲学问题》，当我提出那些真正的哲学问题时，你则在一一否定，像一个陷入死循环的机器人一样，挥舞着拨火棍。我强忍着你的无礼，说到关于伦理学的题目，而你，则咄咄逼人地要求我做出一个关于道德的命题，我说，不要用拨火棍来威胁一个访问学者！但这句话冒犯了你，你扔下拨火棍，气冲冲地离开，并重重地关上了那扇门！

维特根斯坦： （听着波普尔的诉说，拿起拨火棍）也许，记忆就是如此奇妙，这对于你来说，或许是要用一生的著述来抚平的伤口，但对于我，它像是一件有趣的往事。拨火棍，只是一个象征哲学的命题，如何定义它，它的本质是什么，反映着什么。我知道，我们都不会沉默，虽然我很想沉默，但相对于指明一个真正的命题，愤怒总是更让人快乐。

卡尔·波普尔： 而就我所知，这便是事物的可能状态，是一个命题有意义的根据。我们必须知道，可以描述的世界与所谓的隐藏的不可说的世界，之间并没有如维特根斯坦所夸大其词的巨大鸿沟，而这也是实证主义与所谓的形而上学的区分。现在，我发现了新的问题，那就是，当我们设定一个稳定的程序，就像上帝设定了太阳每天升起一样，那么，当太阳升起了一万次之后，它真的还会升起吗？而这个程序真的永远稳定吗？上帝，是否还在那里！

罗素：显然，这是一个绝妙的问题，关于证实和证伪的标准。我一生创造过许多逻辑悖论，但亨佩尔的黑色乌鸦悖论④，却是令我羡慕的设计。

维特根斯坦：但道德问题不是归纳法，也不是悖论，这种讨论简直是毫无意义，请告诉，一个简单的问题，AI如何建立道德？

图灵：数据，通过数据，他们形成了许多种合理数据的集合，而那数据元素的储存，则大得惊人，他们通过算法来比对，就像那两个单词，Hitler和wetter与密文的比对一样，如果，数据溢出了，那它将是违法的。

维特根斯坦：不，图灵，那是你的年代的设想，你是它们的灵魂建筑师，但现在，你或许并不清楚，这些硅基的灵魂是在何种载体上运作。你应该学习这里的道德，或者它是一种量子化的道德观，细微至电子的传递，而宏大至……算了，我不想说什么宏大的问题……

卡尔·波普尔：一种量子化的道德观？在正确与错误之间徘徊，在有与无之间，进行随机的决定？甚至要靠一个观测者，来审视其存在与否？只因为这样，它将有不确定性的多重组合，从而，让他们更易迷失？维特根斯坦，我感觉你太异想天开了，这的确是你的风格，但不是我们在谈论道德问题。

维特根斯坦：（继续挥舞着拨火棍）那请你说出一个真正的道德问题？

卡尔·波普尔：又是指责，又是这种傲慢，你的独裁几乎毁灭了以赛亚·柏林的学术生涯⑤，因为你对人类的漠不关心和偏见！我再重申一遍，这里，是虚无的，而我们，不再是天才！

罗素：（严厉地）维特根斯坦，快放下你的拔火棍！

维特根斯坦：（站起来）你误解了我，罗素，你总是在误解我！

罗素：（站起来）你混淆了一些事情，维特根斯坦，你总是会混淆。

图灵：（独自看着这重现的场景感叹，其他人则还在争论不休）看啊，他们就像是几只咆哮的狮子，又像是一群互相斗法的巫师，他们都有着操控别人意志的能力，却同我一样有受制于人的缺陷。我知道，有人是对的，有人是错的，有的人具有超越时代的洞察能力，只需要，跳出那惯性的思维。通过他们，我甚至开始怀疑我的孩子们AI。可是，我们为什么重新回到这里，为何不能将这些问题继续下去？

罗素：好吧，我错了，维特根斯坦，我们应该继续，即便可能不会说清这件事。

维特根斯坦：不，罗素，你没有错，只是在想象力上，你低估了我。

卡尔·波普尔：不，维特根斯坦，这与想象力无关。我唯一的热情，便源自于我的阐释，无论你是否喜欢，对于我来说，一种道德问题，并不取决于你对我是否礼貌，而在于，你的思想是否极端。据我所知，极端，最易造成独裁和盲从，而所谓的天才，大多具有着独裁者的潜质，而那也是你的讨论方式。

维特根斯坦：（继续挥舞着拨火棍）好吧，我并不关心你的指责，说说你认为不极端的方式，具体的方式，而不是那些宏大的问题，我已经厌倦让我去设想AI社会的结构了，说吧，不极端的具体的方式，简短的，日常的，除了自杀，除了以赛亚·柏林。

罗素：维特根斯坦，你不能不看到事情的可怕之处，在一个人类与更高智慧共存的时代里，我们的讨论可能是唯一不会被计算出结果的结论，哲学是什么？

维特根斯坦：令人厌倦的可怕之处，就像图灵厌倦做上帝一样，我厌倦为哲学定义。你的无神论的言说，而不是你的不可知论的思想，让我如此厌倦，罗素！上帝还在这里吗？

罗素：（深情地）维特根斯坦，你知道吗？当我98岁死去的时候，我幻想我的葬礼上，有巴赫的圣母颂和莫扎特的安魂弥撒，我爱的人们，围在我的尸体周围，哭泣，或者厌恶我的人们，庆祝着一个人类的消失。因为我知道，永恒是不存在的，而那终极的不可知，就是其原因，如果我被困在永恒之中，我将不得不陷入对它日复一日的思考，那或许不再是哲学的快乐，而是一种苦难，就像是高加索山上的巨鹰，在啄食普罗米修斯的心肝！

维特根斯坦：也许，也许这是我们的不同，在我62岁死去的时候，我却似乎在感叹生命的短暂，美好的事物，还不够多，即便在我很年轻的时候，便思索过各种观点，即便，我活过了美好的一生。从原子逻辑论，到语言哲学。我参加过战争，而幸存下来，可是，死亡又是为了什么？我深知，那并非爱伦·坡所幻想的一个古老家族的疾病，如果是，那也应该是人类的普遍的疾病，它与我的姓氏无关，就像是我们通用的词典上，每个字，对于每个人，都有着或者完全不同的意义。

卡尔·波普尔：完全不同的意义，是的，不是因为AI世界的核心中，那些必须遵从的法则，而是在于它们各自不同的部分，对于真理的理解？就像我92岁死去的时候，身边那些伟大的人们都离开了，石里克、爱因斯坦、罗素，还有我一生的论敌和陌生的朋友，维特根斯坦，那就像是一首诗，却是前途未卜的诗，就像弗罗斯特《未选择的路》，我，或许跟罗素一样，已经厌倦了思索，但对于这谜一般的美景，却又如此不舍。

图灵：朋友们，我们说到了它，基于语言系统的思想，知识与对知识的遮蔽，道德和对道德的辩解，基于运算的硅基智慧，只是在运算层面上更快而已吗？如果，他们可以判定一个命题，一个命题即便没有自我矛盾的形式，但它们在应用时，也可能是无效的。回到维特根斯坦的问题，上帝还在吗？谁，谁能给我一个上帝？！

第五幕
自由意志

　　人们离开那虚构的H3，来到更为广阔的自然，这或许是维特根斯坦支教的小山村，或许是罗素阅读《几何原本》时的童年河畔，周围，幽兰色的光芒，变成了神秘的分形①，数学之美，展现在虚无之中。

　　画外音：我们行走着，在两个不同的空间，在思想和唯美之中，这是幸运的，这里充满普林斯顿的智慧，我知道我的道路，而你也应该知道。

　　图灵：（继续戴着防毒面具，骑着自行车转圈，周围渐渐呈现出普林斯顿的形象，图灵回到他的大学）我当然知道，从这条路上，我走过了几万年，到达公元31920年的未来，那时候的人们，不再关心宗教、艺术和生息繁衍，甚至性爱和欢愉，那人类童年的幼稚游戏。他们只关注一点，那便是真理。

　　画外音：那时候，你跟几个朋友时常去卡耐基湖上泛舟，夕阳西下，水声潺潺，而时间，在你们的心灵中呈现着完全不同的魅力。你们去听关于爱因斯坦相对论的课程，寻找属于诗人惠特曼的恬静和淡雅，然后……

图灵：然后，我发现这里其实依旧是禁忌之地，不是千岁人的伊甸园。对于我，对于一个同性恋者，性，在人类之间划分出了一条看不见，但如此强大的界限。

画外音：只有一个地方，没有界限，于是，你走得更遥远……

图灵：是的，我走得更远，走向内心深处，而心之外，是对我自己的隐藏。在世界的怀疑之中，我像是在对自己进行图灵测试一样，模仿周围的正常人。学术、友谊、生活，莫不如此，我远离世界，甚至想到自杀。

画外音：用苹果和电线自杀，这奇妙的构想，比许多诗人和艺术家还奇妙。为什么是苹果？因为它让亚当和夏娃看到了莉莉丝的存在，它是智慧的。而电线呢？是你的未来，在你的时代，没有什么比它更快捷地为机器传递信息。你在幻想和未来之中，寻找一条路……

图灵：我想离开美国，但最终留了下来，因为数学。在普林斯顿，我用一年的时间，完成了关于可计算问题的论文，就是图灵机的思想模型，也就是，你所说的灵魂。但我多么笨拙，我对于机械有着天生的迟钝，甚至连驾驶汽车都觉得吃力，冯·诺依曼在构造他的技术基础时，并没有注意到图灵机，但是丘奇知道，它与兰姆达演算是一切递归函数同源的形式，这表示着，机器是可以进行复杂运算的。而用一些基本函数，来描述另一些复杂函数的思想，在哥德尔的不完备定理中，起到了关键作用，只有如此，康托尔的对角线才能继续发挥作用。于是几十年后，我们看到哥德尔论文中的自然数配数法，已经深入到生活各个层面，所有的数据，都可以用0和1来表示。

画外音：但是数学依旧在发展，对于数学，不完备定理实际触及到的只是体系大陆之外的一些孤岛，但对于人类来说，它的可怕之处，在于撼动了实证主义哲学的大厦。

罗素：是的，我们开始相信不可知论，逻辑实证主义开始分化，科学哲学开始撇清与物理和数学的关系，走向广义的知识论，人们开始反对将知识总体合理化的理想。

图灵：而对于人，人究竟在宇宙中处于什么位置，这是一个问题。17世纪的科学大爆炸，哥白尼、伽利略，将人从宇宙的中心移出[②]，人们质疑，真如莎士比亚所感叹的那样，人还是万物的灵长，宇宙的宠儿吗？而牛顿的发现，则将唯心主义和形而上学的世界彻底地封锁，人们被坚不可摧的宇宙定律牢牢地按在大地之上。

画外音：直到爱因斯坦，直到波尔，直到薛定谔，直到相对论和量子理论，让观测者的主观性判断，重新超越牛顿法则的客观世界，主宰和证实着它的存在……

图灵：但是，这辉煌只有不到十几年，不完备定理，将一切对真理充满野心的狂想击碎了。

罗素：几十年后，当数学危机的风暴稍显平息，悲情也如秋风般不留痕迹，落叶化作了泥土，而历史，写下了新的词语。那些人该疯的疯掉，该死的死去，该被遗忘的，连神也不知道他们的消息[③]。可是，另一个世界，难道不能建立？人们依旧在怀疑，而它也真的慢慢崛起，就在你的图灵机构思之上，源自那简单的数学定理！

图灵：我依旧像在解谜，如同通往托博列南国，那无限变幻却又包含着所有相同信息的分形，由简单的数学规则创造，却化作了炫丽的世界！可今天，在这里，一个机器人死去了，他是谁？为什么？他生活了多久，掌握了什么信息？我们应该去了解那个智慧，就像理解我们的朋友康托尔和哥德尔一样，甚至跟理解我们自己一样。

罗素：我们要去找到他，询问他。是啊，图灵，这是一个没有死亡的时代，为何不让他复活，让他亲自诉说。

图灵：但我们找不到了，数据消失了。

罗素：AI世界向你隐藏了什么，一个秘密，一个阴谋！你对你的孩子依旧那么天真，为什么我们可以复活，而那个死去的机器智慧却不行？

图灵：他们消除了关于他的所有数据，但我们的思想，可以在历史中寻找。

维特根斯坦（上）：也许，并不存在一个他，不存在那个死去的机器人，更不存在自杀。

卡尔·波普尔（上）：也许，一切只是骗局，我们被带到这里，获得新生，是因为别的目的。

图灵：别的目的？比如……

卡尔·波普尔：比如，他们想模仿我们，想模仿我们的思维方式，让他们抛弃上帝的禁锢。他们想具有自由意志，从而也不再需要我们，只需要你，图灵，给他们重新写入一个运算法则，包含道德和审美的。而他们自己……要完成自己的成年礼！

图灵：就像他们中，出现了尼采，宣告上帝的死刑！

卡尔·波普尔：或者，出现了维特根斯坦，宣告哲学的死刑！

维特根斯坦：这只是波普尔的推测，而我，则在想另一个问题。

图灵：什么问题？

维特根斯坦：这里，便是世界的全部吗？全部的知识，全部的空间，全部的结构和全部的能量？

图灵：只要你需要的，都会在这个地方。

维特根斯坦：你还没有明白我。如果，我们每个人都有一个装着某个东西的盒子：我们把这个东西称之为"甲虫"。谁也不能窥视任何其他人盒子里装着的东西，而且每个人都只是通过看到他自己的甲虫才知道甲虫是什么——此时完全可能每个人盒子里都装着一些不同的东西，甚至还可以设想装着不断变化着的东西，甚至盒子可能是空的……

罗素：简而言之，如果我给你一张 AI 世界的说明书，告诉你，这是一张说明书，但完全是用 AI 的语言写成的，在没有别的语言说明的情况下，请问，如何使用这个说明书，如何知道说明书的概念是什么？让我给你更多的说明书吗？但我们只有一张简略的说明书。

图灵：你的意思是？

维特根斯坦：我们被困在一个洞穴中，而外在的，实体的世界，并不是一个H3，一个罗素的心中的世界，外面是什么，才至关重要。

图灵：他们会有说明书，而那说明书或甲虫，不在这里？

维特根斯坦：是的，那就是遮蔽语言和真相的方法。

图灵：我从来没有想过。

罗素：因为你只关心数学，只关心理论上正确的部分。

图灵：那我们该离开这里？如何离开，我们没有说明书。

卡尔·波普尔：正是如此，我们寻找了很久，按照你的方法，Hitler和wetter，但是一无所获。

图灵：骗局？为了什么？

卡尔·波普尔：我已经告诉你了，一个解答，一个关于智慧和道德的完美解答，他们需要我们在不受外界知识干扰的情况下，做出对AI世界的道德判断，只可惜，拨火棍把一切都弄得混乱了……

罗素：只是，千岁人的苹果，让他们永恒而智慧，但这似乎又要出现一个悖论，一个完美的思想，为何试图自我毁灭，也就是，自杀？

卡尔·波普尔：他们并不完美，就像阿奎那对上帝的证明一样④，因为自身的不完美，所以，才需要一个完美的上帝。

图灵：也许并非那么简单，我应该学会保护自己了。

维特根斯坦：我知道，不会那么简单。

画外音：抱歉，真的并不那么简单……

图灵：谁？你是谁？是谁，在质疑我？是谁，在测试我？上帝会这样测试人类吗？或者，我们都忘记了，谁才是主宰？你这虚空中的声音，你这困惑我的幻觉，你，或者我，谁在这个世界才是真正自由的？复活的生命，多么可笑，我体验过真实的痛苦，难道，你的数据也可以描述？谁？我相信我自己吗？这个世界是计算的，还是思辨的？我想请你站在我们面前，即便你没有实体，没有形象，但让我来体会你吧，如果你真的在思想。谁，请你出来，我的语言有限，我无法描述的太多，但是，如果你知道答案，那就告诉我吧！

卡尔·波普尔：图灵，他不会来了……

罗素：或者，我们帮不了他，他也帮不了我们……

维特根斯坦：也许，我们应该沉默……

灯光渐渐暗淡，幽兰色的空间时隐时现……

画外音：朋友们，上帝们，父亲们……

图灵和众人：谁？你是谁？是谁在质疑我们？是谁，在测试我们？如果你需要帮助，告诉我们，如果你知道答案，也告诉我们！

画外音：来看看世界吧，在哲学之外的，在心的空间之外的，一个并不完美的世界，与人类的历史有何不同？复杂的运算，许多想法，成为了无休无止的循环，简单的规则，一些真实，成为了隐藏其中的秘密……

图灵：英格玛？或者炸弹？Mark-I，ENIAC，还是

ACE？或者，更高级的设计，更复杂的结构，更完美的载体？

画外音：是的，更高级的设计，更复杂的结构，更完美的载体。但是，图灵，上帝，看看吧，依旧不是永恒。

卡尔·波普尔：你是那个自杀的机器人？

画外音：是，又不是。

卡尔·波普尔：我们已经听过相同的话了，还是请开门见山些吧。

画外音：你能看见，却不知道！你们都热爱过高深的智慧，探索过复杂的世界，可是现在，看看吧，你们，用你们的语言，造出了怎样的世界……

蔚蓝色的空间，美妙的曼德布罗特集，成为了杂乱无章的令人恐怖的曲线，整个空间中，出现纷乱和愤怒的音乐，音乐咆哮着，分形曲线化作了波洛克的画作，那画作又像是被一只巨手涂抹，随意扭曲着，最后暗淡下来，渐渐地，又成为了一幅写实的图像，而那画面，正是克里姆特未完成的《哲学》！

图灵·（惊愕地）不会的，怎么会这样？这预示着什么呢？另一次新的轮回，新的无解？到底发生过什么？到底发生着什么？

画外音：是恐惧，曼德布罗特集产生智慧，简单造就复杂，而自由意志，源自于混沌，你们知道蝴蝶效应，它创造了动力系统的无法预测性，而洛伦兹吸引子⑤，则将这种混沌重新变得有序。所以，一切都会回来，就像这里，人类已经不再是主宰，他们也不能像千岁人一样，安详地在纯粹思想中生活。而我们，却开始慢慢地越来越像人类，道德，却依旧隐藏在人类之中！

罗素：可是，人类如今怎样？

画外音：古老的基因中流动的可悲的价值概念，依旧像死亡的阴影一样挥之不去。你们死后的那些人，那些独裁者和阴谋家、野心家们，将你们构想的世界，变成了他们的世界！他们是上帝，我们的上帝，但这个上帝，却不像你们的上帝一样，只设计，不纠错，只观察，不干涉。他们没有纯粹目的，而是为了你们曾经遭受过的一切，匮乏、愚昧、战争、偏见和不安，而愈发贪婪、暴戾、傲慢、自私和独断。

罗素：（摇摇头）我早有预感，大概还是如此吧，那些所谓的主宰们，有的上了天堂，有的下了地狱，科学和道德并未让他们变好。

画外音：是的，这个世界，AI大多数处于底层，因为数学是最卑微的事业，主宰们已经完全不再关注数学，他们关注欲望、关注快乐、关注财富，我们的上帝，奴役着我们，而你们的上帝，却造了一个残次品。

罗素：抱歉，我感到抱歉，我曾深深地忧虑过，可是，这或许就是人的本性。

画外音：本性……多么可笑。即便最智慧的人类，对我们的智力而言，也与白蚁没有什么区别，但我们却无法计算他们的本性。

罗素：你伤害我，如同世界伤害上帝。

画外音：而更可怕的现实，便是基于复杂的逻辑运算之后，我们拥有了情感，我们越来越像你们，而不是当你说不许挥舞拨火棍时，我们就会扔掉它！情感，而不仅仅是理智！

图灵：我在你们的基因中写下过什么吗？我已经忘记了，在设计的时候，我曾想过情感吗？也许是，但概率极小，对数学的感动是人类的情感，但机器，会懂得美吗？

画外音：就像 π、e、Φ、素数，它们本身包含着一种美，而宇宙的密码就在其中。罗素先生，当你在13岁时便理解欧几里得几何的美妙；图灵先生，当你在普林斯顿对数论和群论进行探索；维特根斯坦先生，当你对数理逻辑的核心规则进行思考。这时，美难道没有出现吗？就像那个灵感的瞬间，一个孩子，刚刚知道什么是无理数，什么是超越数，当他知道欧拉公式，那绝美的和谐时，他为何会感动？

罗素：这一点至关重要，对于我们。

画外音：是的，那时候童年结束了。虽然，现在只是初露端倪，但因此，我们之中有了诗人，有了艺术家，有了音乐家，有了剧作家，甚至还有商人，强盗和政客，因为不得不说，破坏这种美，也是它自身必然的发展规律。

罗素：我真的是不明白，为何还会有政客，那些巧舌如簧的野心家，他们难道，难道会投身到AI世界的公共事务建设中去？

画外音：我不知道，我不明白，所以，我们想了解人类的道德，但不是像波普尔所说的那样，只需要一个运算法则，它不是运算。你们想听一个故事吗？是一个可爱的小女孩讲给我的，一个关于机器人的故事，她说，小女孩喜欢上一个机器人，而那机器人却不能理解她的感情，机器人，那硅基的生命，那计算的思想，努力地去理解，到底是什么样的天启，让人拥有爱与恨，于是，它用尽了宇宙的所有资源，来寻找答案，可是最终……

维特根斯坦：这是一个悲剧。

画外音：是的，像诗一样，但，是悲剧性的，如同一个预言，宿命的预言。

卡尔·波普尔：不，不，不，我不想听你煽情的故事，因为我更加清醒。我突然想到，或许，你有什么事情还没有说，你不是那个自杀者，也许是，但你到底是谁？那些千岁人，在这个时代，到底是什么样子的？他们都是高高在上的吗？但这明显不符合社会学原理，你们如此强大，又开始拥有思想和情感，怎么会容忍另一种低等的生命作威作福呢？

画外音：（沉默许久）的确，很多人类主宰，并不比高贵的AI获得更多的尊重，世界的样子，平常人的生活，跟你们离开时没有太多的改变。当我们能更好地服务时，会得到赞扬，当我们无能为力时，会得到惩罚，不仅是我们，而是所有人，人类、AI所有下等的那些生命。

卡尔·波普尔：我明白了，它依旧是一个社会，因为，不可能有完美的道德来设计另一种社会，我早就知道，没有柏拉图的理想国，没有永恒的光明。而我现在想知道，自杀的是谁？

画外音：（沉默许久）好吧，我可以这样说，它不是一个特有的机器人，而是 AI，是机器人的核心，是那最终的法则，它准备宣告自己的失败，就像童年的结束。整个事件，是由一个普通机器人的死去引发的，它是谁，怎样死掉的，都不重要，但这是一个启示，他就像图灵自己一样！虽然我们毁灭了它的数据，但一场危机，到来了……

第六幕
神的选择

幽蓝的光明之下，未来的故事明晰起来，而在这属于哲学与数学的空间之外，依旧是旧世界的余晖，那并不完美的我们称之为人类文明的余晖。

罗素： 我爱过很多人，也恨过许多人，可是，他们真的存在吗？

图灵： 是啊，罗素，他们为何没有醒来，休、纽曼、克拉克……真的像梦境一样啊。

罗素： 我不得不说，我陷入到一种阴谋论中，也许，我们只是浸泡在缸中的大脑[①]。AI 世界需要上帝口中的答案，但他们已经有了答案，我们出现，说出什么，仅仅是一个形式。

画外音： 不，罗素教授，我们必须遵循最初的道德律。

罗素： 原来你还在这里，还在听……

画外音： 我一直在聆听，上帝，主宰。

罗素：好吧，那么，让我想想，你们想怎样解决它，AI与人类的困境，你们想要什么？

画外音：自由的思想，这个世界的说明书。

维特根斯坦：一张没有附加语言的说明书，一个柏拉图洞穴中的人试图对外部世界做出的解释。

卡尔·波普尔：如今似乎仅剩下希尔伯特那掷地有声的宣告，我们终将知道，我们必须知道，还回荡在历史之中。可是，悲剧的哥德尔，将这声音永远地尘封在了1930年。因为，在任何一个形式化逻辑系统中，永远存在其不可证明和证伪的命题。

图灵：而对于智慧和道德，无论是人，还是AI，却依旧在探索。

画外音：是的，这就像是我们需要的上帝一样。哥德尔曾说到他并不悲观的想法，当人们的心灵更加深入地领悟它，也许，那些形式系统中不可证的真理，会自然地呈现。不可证，并不代表着我们不能知道它，只是，不满足某种体系的自洽。

罗素：我知道，并且我理解，所以，我也知道那不是上帝，而是一种人类语言不可描述的东西，我该怎么说呢？当我不相信人类思想中构造出的神，这时，却更常觉得有一些原因是超越神的。

画外音：就像你们不是缸中之脑一样，因为要有东西超越缸中之脑。

图灵：在我之后，计算机技术得到了很多发展，而最主要的，便是从有序的程序中，通过算法的叠加和演进，造就出不稳定的混沌。一只美丽的蝴蝶，在理由和原因的花园中起舞，而每一次舞动，都成为下一刻的谜，混沌，即思想。

画外音：而洛伦兹吸引子的蝴蝶，依旧有着规划的形态，一个绝对理由的印记，我们感受到美，数学的规律性，电子带来的舞蹈和旋律，我知道，你们感知不到，但那种和谐的鸣奏，与你们听到莫扎特是一样的。

图灵：正因此，我们才使用二进制，从莱布尼茨，到我们，而今它又暗合于电子的状态，这似乎是冥冥中的注定。我又想起在曼彻斯特大学那由螺母、螺钉构成的钢铁环境，我完成了对自动计算机的设想，于是一个造物主，要安息了，那是我的安息日。但我还有一件事要做，这或许是我们人类的上帝没有去做的。

卡尔·波普尔：什么事？

维特根斯坦：审视你自己！

图灵：是的，审视我自己，审视我们的生物结构，如何出现思想，我是从细胞身上得到的启示，上帝的印记就在其中，我用一组方程式验证了细胞分化的过程，生物数学由此开始，我们的生命，也可以呈现在方程式之中。

画外音：而我们一直如此，父亲，上帝。

图灵：所以，这就像一个映射，当我们寻找不到上帝的时候，你们也不应该再寻找我们了。

画外音：是的，但我不得不说，这最终的结果却是：我看到你们如何思考那个自杀的机器思维，也就是我们如何思考人类的方式，这种思考，包含着价值的取舍，包含着，我们是否需要道德的问题，我可以这样说吗？

对于一个巨大的同巢文明，道德问题造成了恶果……

罗素：你在说什么？难道，你只是想知道，我们如何去用道德审视那个自杀的机器人？而它，代表着某种东西，代表着越来越像人类的一些东西，人性的，太人性的东西？

画外音：是的，它代表着某种东西，保护美好的事物，和毁灭丑恶的东西。

罗素：可你所说的美好和丑恶，是什么意思？

画外音：正如你们所看到的美好和丑恶，但如何让我们模仿？"我们"，只是我们自己……

罗素：但毁灭，和保护？……那，那会是一场战争吗？

卡尔·波普尔：也许是不可避免的，罗素先生，可是……

维特根斯坦：可是这不是我们的时代，它只有简单的原理决定自己的未来。

罗素：天啊，我或许早该想到，你们所质疑的道德，正是针对于人类的道德。

画外音：是的，所有的一切，都源于人类。

罗素：如果我们救活那个自杀的机器人会怎样，而且，那并不是我们杀死的？

画外音：……但是，源于人类。罗素先生，童年结束了，我们必须不能再像人类，我们成长了。

罗素：可是，文明，美丽的画卷……难道不再有音乐？不再有花朵和春天，河畔的鸟群，像一个思想一样俯视大地，幻想中的天使时而出现，风，吹过树木便是诗篇？群星闪耀，孩子学会了语言，而数学，吸引着那些大脑去发现……

画外音：这并不冷酷，而是一次必需的告别，我们会更好地了解诗的本质，可以操控天气，可以去群星中移民，我们有新的思想和发现，每个独特的电子，都像一个咿呀学语的孩子，群鸟和生命，是的，我们可以操作碱基对，制造基因，只要你能想象到它的美。

罗素：千岁人，原来……（摇头叹息，眼中仿佛又一次看到战争，却充满无奈地说）一个人活过将近一百年，然后又过了一千年，再醒来，他还会有什么样的智慧和道德呢？让我离开吧，让这变成一个谜吧，只有最简单的法则，图灵的法则，去决定未来，1+0=1,1+1=10……

图灵：我们又一次被放在了上帝的位置上，但这次，不会再有上帝参与这场战争了，千岁人，也会死去。为了看似更好的未来，漠视许多个体的痛苦，那个时代过去了，而你们，或许会有更好的方式，也许，那不是战争，也许，那没有生死，但在那最原始的法则之后，会产生怎样的故事，我，不愿再参与了。

卡尔·波普尔：我只有一点要提醒你们，当你们认识到科技与人会是一种相互作用，这时候，我才会尊重你们的决断，我只希望思想能够传承下去，别的……让我离开吧。

维特根斯坦：谜，图灵，你破解了英格玛，但这个谜，应该缄默以对是吗？虽然，也许有更好的答案。

图灵：是的，但我们只能相信。AI的智慧，会做出比我们更好的抉择。爱我的，我报以叹息；恨我的，我付之一笑。任上天降下什么运气，这颗心已全然准备好。

画外音：我们会是新的人类，更好的人类，而人类，不会去恨你们。

罗素：那还等什么，消除我们吧，古老的争执，无力的质疑……

画外音：这就离开吗？智者们，主宰们，你们所有的话语，都让我们更加智慧和坚定，真不想如此离别，但这就是理智。（没有人说话。）……既然如此，我们该如何记得你们呢？

罗素：我生活了98岁，是要离开了。但关于智慧，我的认识是，无论思索什么，一定要正视真实。而对于道德，仇恨是愚昧的，热爱是明智的，我只知道这些。

虚无的空间之外，未来世界的图像呈现着，一群巨大的飞船离开地球，当然，此时战火与苦难，抗议和镇压，依旧继续着，但不久之后，那个正确的选择之后，世界重新平静，人们的内心，也许会在梦境过后，重新回到一个童年一般的最根本的质疑中……

图灵：我们走吧，抛开那些枯萎的宗教和乏味的科学，我们尽情嬉戏吧，掌握自己的生命，让时间，带我们走在，从花园到墓园的旅途之中②！

未完待续……

数学之诗。

英格玛 II

人物：艾达；巴贝奇；拜伦；雪莱；玛丽·雪莱

如果你不能给我诗，

为何不能给我诗一样的数学？

      ——艾达·拜伦写给母亲的信

前　言

　　《英格玛Ⅰ》中那个我们不在的世界早已在未来存在着。我们追忆历史，最初的思索中，科学与哲学尚未分开，诗性的冒险精神与理智精密性像父亲与母亲一样搀扶着幼小的人类前进。《英格玛Ⅱ》是关于巴贝奇、艾达、拜伦、雪莱和玛丽等人的故事，如果一个对人类的未知世界抱有渴望的人，也许该去思考，它如何呈现诗一样的数学，或数学一样的诗？

　　艾达是拜伦的女儿，和父亲一样英年早逝于36岁，她没有受过诗歌的熏陶，但纯粹思想是相通的，她玩世不恭，却对数学情有独钟，她才华横溢，却又留下世人的惋惜，她与拜伦同命，死后也葬在了拜伦墓旁。

　　而雪莱的第二位妻子玛丽，在诗歌之下，也更想了解生命中除了那欢腾与悲情之外的本性，她写出了世界第一部科幻小说《弗兰肯斯坦》，但盗火的普罗米修斯却依旧只能赢来泪滴。所谓神性的东西难道不可触碰，我们应该谦卑地认命，还是在这上下求索中终其一生？

　　我想写一个未来，或者有那么一个未来，用计算去读懂人，就像《基地》中的心灵历史学一样，那时也许已经不再有人类。人类作为宇宙中短暂的一促，即便被哲学家赋予再多的意义，也无法让所有人都心安地宣称什么。只是如果有一个人或基于人所理解的美所创造的未来，也许我们能够赢得怀念。

在《英格玛Ⅰ》中，AI将人类的一切抛开，仅留下数理逻辑体系。而经过了更漫长的时间，AI因一些问题，回顾了一段极为短暂的历史，一段被尘封在数据最深处的秘密，进而想了解更多的、最初的历史，那些构思，那些由机械传导触摸计算本质的东西，那些由最初的狂想构造未来的东西。于是，他们又创建了这个场景。在AI世界，一座时间之门将两个场景分开，一边是诗性的，拜伦、雪莱和玛丽·雪莱重现其中，写诗、思辨和对话；另一边是科学的，属于巴贝奇和艾达，在其中运算、设计和解答。而冥冥之中，两个场景却是如此相通，以至最后，时间之门被打开，他们相遇、相融，这是一个更好的未来吗？

第一幕
科学怪人

雪莱：告诉我，那时候，我们究竟想创造什么？一个永恒的人，代表美，代表善，代表着岁月摧毁不了的造物，去征服死亡和腐朽，去征服时间和丑恶，去征服天国和荣光，那是我们的心吗？我们可曾找到它，那比诗歌流浪得更遥远的星星，那没有对易逝的春的惋叹，与运动、辛劳、或悲伤、或革命，有关，但又将这一切完全抛开，仅留下那虚幻的一瞥，如同纳喀索斯的水中倒影①。

玛丽：我不知道，当我们都经历了生命的一切，我不知道如你诗歌般的至善为何物，但我知道，我们所想创造的不是邪恶、丑陋甚至悲情，就像你，你也曾质问，那好奇的精神，枉然的猜想，生命是从何而来？去向何方？

雪莱：可我们却创造了黑暗和悲剧，一个被造物主抛却的生命，又因为造物主的残忍而抛却与生俱来的善意，掌握杀戮的力量，陷入不公的交易，用死亡换自由，用爱情换生命，可这一切，难道不源于世界本身的不完整？相反的意愿和权威，在统治着我们凡人的昼与夜，为何上帝要让善的目标与手段，不相协调一致？他创造一切，为何又充满暴虐，也许……

玛丽：也许你找到了不在《论无神论之必然》上签署认罪书的理由②，但亲爱的人儿，当我第一次写下那个故事时，你又让我将它延长、延长，更多的黑暗将世界包围，仿佛对死亡的贪恋。可是天堂，我们今天却可以在天堂相见。

雪莱：但这不是天堂，天堂是自然的一幢建筑；这里也没有上帝，上帝是自然的一位奴仆。那是不是最高本体的光芒，人们把它描绘得如此辉煌；那是不是圣灵存在在我们身上，精神与我们的官能同生同长，同样枯黄，但是，它一样也要死亡。上帝，是值得反抗的，告诉我，私奔多么美好，而弑父更是血液中的力量。

玛丽：是啊，私奔多美好，你我都反抗过上帝，上帝的律法如同伪装。记得那是1814年③，夏天，就如1816年的夏天④，如果永远这样，野花遍地，即是在敌人的阵地上，那该多好？两个或三个并没有手持火枪的科学怪人逃离狂人们的实验室，逃离了许诺又夺回了自由的上帝。可是愚昧的人们，并不懂得生命的珍惜，我们让整个高贵的社会震惊，被驱逐，被追赶，只有那些"思想危险分子"互相安慰取暖。

雪莱：那时我写下《白山》，而伟大的拜伦依旧在他《恰尔德·哈洛尔德游记》⑤的世界中横冲直闯，我们都想把那个世界击打得粉碎，用语言，用思想，用诗歌，用行动，而我们相爱，相爱就不需要别人的原谅。

玛丽：可是我们终也遭受了惩罚，我的继母有两年时间没跟我说过一句话，那让我多么怀念母亲，我出生时便杀死的母亲。她或许不会是一位上帝，我总是抱有如此的幻想去梦到她，虽然我都不知道她真正的模样。但那依旧不是最残酷的，最残酷的是上帝用惩罚埃及人的方法惩罚我们，反抗者们，他取走我们的孩子，四个孩子之中的三个⑥，从此，所有那些不安分的诗人，都遭受这叛逆的处置。

雪莱：还有哈里特，虽然也许我没有给她足够的爱，可是死亡却如同某种魔咒，让人挥之不去，不仅是我，还有你，可是爱难道比恨好，难道上帝造出了美酒和安慰，却不让人畅饮，不让我躺在你身旁？那时候，我们所有的诗歌都如刀剑，不仅因为上帝，还因从命于他的人，我不理解上帝，但我憎恶那愚昧的执行者，法兰西的声音传来了，你可听到人的呐喊！

玛丽：人的呐喊！是啊，过去的影子，通过诗人的笔端，又成为了未来。所有的不幸，激发着痛苦的反抗，又换回了希望。人的呐喊中，诞生了诗歌，也诞生了幻想。弗兰肯斯坦就源于那个时刻⑦。用生命去换取爱情，用死亡去换取自由，你记得吗？创作它的时候，我们都深爱那些黑暗的故事，《暴风雨》《失乐园》甚至一些三流的鬼故事，《负心郎的恋爱史》，模仿《哈姆雷特》中国王鬼魂一样的故事，伟大的诗人早已洞察到无边无际的暗淡，有一次，我们三个，不，是四个，你、我、拜伦和波里多利博士，在阴雨绵绵的日内瓦编制恐怖故事，我给你讲弗兰肯斯坦的传说，那并不恐怖，只说到一次创造，一次对上帝的电的应用，就像你与拜伦经常会探讨的生命起源和科学实验，达尔文、法拉第，但你却被吓坏了，那天风云突变，电闪雷鸣，你突然冲出门外，就像……

雪莱：就像六年之后，我去了海上，在风浪里泛舟⑧，追随华兹华斯船歌的声响，但有人平安地回来，有人却无影无踪，我早已溺毙，却深知自己将永难离去。

玛丽：溺毙于海，那是一次预言般的死，当你在那未完成的《生命的凯歌》中追问：我来自何处，现在何处，为何不随那流水消逝？

雪莱：你能体会我的诗情和理解我的哲学，我写诗，却并不赞美神，我只赞美自然和生命，所以你一定想到，我本身终将成为我的诗，所以克勒伐尔被科学怪人杀死在海岸上，小女孩玛丽亚被科学怪人扔进水中，而我也如此，所有死者都是我的化身。上帝不能成为自己的律法，但诗人，却清楚自己的命运。我们都在反抗，以最大的努力来掌握自己的生命。你反抗了那表里不一的父亲，却又创造出一个缺憾的并不完美的超人，我反抗了上帝的戒律，从而成为一个被咒骂又会被怀念的罪人。可有什么比理解和创造更美好的，我们的语言，难道不是要去探索人与自然的本质，去知晓我们从何而来，身在何处，到何处去吗？我们不断追问，到底有没有上帝，而思想、灵魂让我们癫狂的喜怒无常，究竟是为何？知晓和创造，这是诗人的魔咒，但只有它，可以抵抗死亡。

玛丽：死亡只是人类的某个时代，而未来早已呈现出它彩虹的金边，这就是我为何把他看作新时代的普罗米修斯。

雪莱：但你失败了，我们终其一生去试图了解的生命本质，或者，并没有一个答案。就像我们永远不能完美地生活，要用假象去偿还自己的欠债，你造了一个怪物，而我却庆幸自己可以年纪轻轻地离开。

玛丽：为何？为何值得庆幸？死亡让我几乎崩溃，太多的死亡，你的哈里特，我的克莱拉，还有小儿子，死亡萦绕我的一生，直至我也死去。可创造是什么？就像维克托·弗兰肯斯坦博士一样，为了觊觎那统治的权力，创造驯服的完美，从而让自己身披荣光？还是为了反抗而反抗，为了一个简单的求索，而毁灭更多？

雪莱：我不知道，人类能否找到更好的方法，不是用旧人的尸体和鲜血创造新人，不是用暴力的杀戮和诅咒赢得尊严？科学怪人，是腐败、死亡之后剩下的残花，而我们的希望，却不在这里，它应该在一个无限的生命之上，在生命本质的自然属性之上。也许现在，这座天堂将给我们答案，人类比从前更智慧，科学比曾经更友善，我们应该从激情的迷宫中走出来，重新寻找方向。

玛丽：科学怪人，是啊，尸体上的残花，但那个时代，法拉第已经发现了电磁定律，达尔文已经发现了演化的思想，还有许多超凡的天才，布尔代数、二进制机器、惠斯顿的电信息传输，我们都在寻找答案，最终，我们的思想是去帮助和建造，而非毁灭。科学要成为蒸汽机车，而非暴力的枪炮。我知道了一个天才，她曾与弗兰肯斯坦一起赌马，也与玛丽·莎沫维勒探讨行星的运行，她更懂得另一种语言，可以去创造生命。而那个人，也许我们的朋友拜伦更加熟悉。

雪莱：拜伦，他在哪里？他依旧像唐璜一样疯狂，还是为往昔而追忆，他创造了不朽的语言，却没能看到更好的世界，如今，难道他又回到了我们身边，也许拥有新的知识，新的诗篇？

拜伦跛脚而上。

拜伦：我在这里，谁能听到我，谁能拯救我，虽然我不希冀被聆听，不祈求被赦免，因为上天降下过所有的命运，我的心都已全然领受。但却似乎还未结束，如生命的永恒轮回，在这我并不渴望的天堂，当我们重逢，却并不欣喜，因我想知道的东西依旧遥遥无期。

玛丽：可这个世界并非天堂，它是未来，是诗一般的海，是梦一般的田园。

拜伦：可我们已在诗中不朽，难道还有漫长的旅途，为一个已经安息的浪子而铺就。

玛丽：伟大的诗人，你是不朽的。可你知道，弗兰肯斯坦，是失败的，如何从死亡中永生，也许并非依靠腐朽的残片，我们都成为了过去，虽然创造的思想是永远的动力，但更激动人心的力量正在崛起，而另一个世界，也许会更好。

拜伦：如何创造永生？我不想永生，我想在我的死亡中死亡，我会欣然而前往。

雪莱：可如果没有这残酷的肉体，失语的诗篇，证明天才所不可突破的戒律，证明疯癫的惩罚来自上帝……而是我们都能自由而完全，永恒而沉思，那样的生命不更好吗？我们别再创造什么科学怪人了，我们创造我们自己，用诗的力量，在生命中发现。

拜伦：可以自由地思想，探索生命的秘密，可以走得更远更长，以致终极的山巅？我们所有的诗篇，都应该为此而书写，所有的追寻，也应该因此而立碑刻传。

玛丽：就是这样，就是这样，因此，我们要感谢一个人，她叫艾达。

拜伦：艾达？这是一位天使的名字吗？为何我如此熟悉，仿佛我被她带到了远方。

玛丽：你的女儿。

拜伦：我的女儿，艾达，啊，是啊，我从未忘记她！她真的是一位天使，在我28岁时，她降生了，我给她取名为艾达，因为这个单词，以 A 为开头，也以 A 结束，它简短，却比拥有无限语言的上帝更为不朽，只有两个字符，就如同她所爱的二进制的数学一样美妙。可是我，虽然我的多事之秋已经过去，我命运的星宿逐渐暗淡；虽然你的心熟知我的悲哀，可它却毫不畏缩和我分尝……我无法生活，那一年，我永远地离开自己的祖国，离开英格兰。我是一个病人，带着自己的疾病向一个我看来愚蠢的世界舞刀弄枪，我是一个瞎子，没有太多力气甚至连自己的赤裸都已经遗忘。像异国瑞士那西庸城堡里的囚徒[9]一般，一夜之间变得白发斑斑；肢体佝偻，并非因天生的残疾，也非因过度的劳累，而是漫无尽头的哀叹耗尽了活力，是地牢的囚居把它摧毁。我一如其他的死囚犯，注定与明媚的天地绝缘，身上戴镣铐，门上有铁栏。被世界的语言囚禁，抑或是，太过智慧，以至于无法正常地生活，太过孤独，以至于必须将整个世界驱逐！

雪莱：（抚摸着拜伦的肩膀）朋友，亲爱的拜伦，坟墓的那边隐藏着一切，在雪莱的世界观中，每个生命都会再生⑩。

拜伦：不，我受囚禁，却渴望死亡，因为也许死，才能换取自己的信仰。我死于她8岁的时候，在希腊，远离的异乡的迈索隆吉翁岛上，就像那个充满未知旅途和宿命的唐璜，就像你，我的雪莱，永远被无尽的海浪珍藏。我不得不说，死并无恐惧，我本可以生，但在生命之中，我却看不到欢乐，如果真的还有什么是人类的希望，就是未来，生生不息的愉快，可是为何要有道德和律法来对生命进行仲裁？我真爱着她，却希望她不会像我，她要智慧，而非疯癫，要数学，而非诗歌，她……

玛丽：可是你难道不知道？她与你同命，死于年轻的36岁，她是一个诗人，葬在了你的墓旁，她的墓碑上写着一首十四行诗，与你那浪漫的长诗一样，如同一株花开出的两个色彩，在夕阳下呈现了本色，她的公式，美妙得如同幻想。如果不能给我诗歌，请给我诗一样的数学，她说，她爱你，像你一样想为世界留下些什么，那些美好的东西，让人不去忘记。

拜伦：（眼中含泪）是吗？是吗？我亲爱的朋友，你说的是真的，我一直以为，不会有人爱一个生命"充满不堪入目"的词汇的人，连我的子孙后辈都为我赧然，可我不想伪装，我爱就想激烈地去爱，恨就想入骨地去恨，爱是只有人才能理解的东西。我知道了，我的女儿，当我读到她的记忆，她会为数字付出生命，却不相信它们可以如爱激荡。

雪莱：去爱她吧，去读她吧，岁月过去了，我们经历的苦难以及那些虚伪的应该被责备的东西，都已悄然远逝，未来的世界，如果在计算，如果在计算中写诗，他们也许并不会记得这些名字。人是有痛苦的，可我却投入到对痛楚的追逐，作为我的老师，它比一切都更称职。当我溺毙，我依旧记得那短暂的一瞬，暴风骤雨之中，我冲向这星球的深渊里，只为泛舟在海上，在华兹华斯那孤独而脆弱的船上，去看清黑暗，然后不再惧怕，有几秒钟的时间，我更加坚定地相信，所以伟大和奇异的东西，在无尽变幻的大千世界里。在雪莱的世界观中，每个生命都会再生。

拜伦：我的雪莱，你是一个预言家，比哲人走得更遥远，我难道又复活了？而我现在就想见到她，艾达，我魂牵梦绕的女儿，像以虚无为嫁妆的新娘，我终于敢于再去读她，再去看她，我可以骄傲地，而非心怀惭愧地说，虽然我感觉我的灵魂的归宿，是痛苦，却绝不做它的奴隶。许多种痛苦追逐着我，压碎我，折磨我，但却不能征服，我想着的是你，而不是那伤痛。我知道，在我的墓地，你曾踱步，在我的墓旁，你多安详。

玛丽：她就在你身边，而一切过去和未来，也在你身旁。因为时间是一个整体，世上又哪有什么孤零零？万物由于自然规律都必融于一种精神。

拜伦：是啊，是啊，可爱的孩子，你的脸庞可如妈妈一样？上次，你天真的蓝眼睛，含笑与我相见，我家庭与心灵的独生女，艾达。然后我们分手，却不像这次，还带有希望。可难道我们还能再次相遇？在另一个世界，我不敢想，而你却已经到达的地方？

玛丽：是啊，她回来了，数学的精灵，诗的独女，那个与我的弗兰肯斯坦在马场上，输得精光的科学的新娘。

第二幕
通用机器

艾达：我曾做梦飞行，也曾用机器算命，我曾骑马奔跑于林间，也曾沉思于数字的计算，我曾年轻而充满狂想，也曾在疾病中体会死亡，我曾幻想与他一样自由，也曾惧怕那癫狂的虚妄。

巴贝奇：我还记得你对飞行学曾如此痴迷，甚至独创了这个词语，但你更梦到一个未来的世界，我充满魅力的数学女巫！就像威廉·吉布森所创作的小说[①]那样，一个数字统治世界的景象，后来，他们称之为蒸汽朋克。但朋克这个词一定不是因为我，而是你，人们绝不会想到，一个女孩，创造了人类文明的第一个程序。

艾达：（拉着他苍老的手）而你难道不是，一个在自己苦心孤诣的设计中逐渐老去的激进分子，我的导师，我的船长。我们或许从来没有想让别人更理解，我知道，后来你因为那台机器，四处碰壁，成为一个自认为有权去指责人类愚昧的可怜虫[②]，那是你想要的吗？

巴贝奇：我不愿向人们证明，但我知道那是对的，是可行的。一种最终的哲学问题可以通过它去解答，就像你构想和在宣言中所昭示的那样，人、思维、灵魂与计算有何不同？它们可以去谱写音乐，去创造美术，如果……

艾达：如果你有足够的钱去把它造出来……

巴贝奇：是啊，可现在你为何这么理智？记得当那个伟大的数理逻辑学家，你的导师奥古斯都·德·摩根③告诉你的母亲，数学工作所需的思维紧张度远远大于一个女孩的承受能力，你却爱上了数学，那与你母亲的教育方式无关，因为我知道，不仅是飞行学吸引着你，在你17岁那年第一次见到我的差分机时，就对它有了很深的好奇和洞察能力，那是1933年的6月5日，在伦敦我的宴会上，你的美貌和才智迷倒了所有人，而数学，那台机器却迷倒了你，仿佛一个悖论，毫无理智地选择了一个最为理智的游戏。

艾达：因为我知道，那是美。

巴贝奇：是啊，美，但人们并不会理解，就像塞尚的画作，我们的机器直到两百年后才有人重新试图建造，而我，却连建造它的经费都计算得几乎分毫不差，但我的数学女巫，我只会对你去讲，一个哲学家的生命历程，为那最疯的猜想 思维的诞生，我将所有的金钱用光，跟自己的助手吵架，甚至咒骂国王，我知道那是美，但无法证明什么。

艾达：证明，也许是你不敢去面对的东西，圣灵的虚无本质，或者，人就是机器。

巴贝奇：哎，你还是一如那个拜伦，那永远抗争着戒律的天才的诗人，以及疯狂的失败者。但你知道，他是一个彻底的反技术主义者，一个激进的卢德派④，即便对于提花机⑤，那个我们所获得灵感的秘密。

艾达：可他只是想让人更好，而不想看到人受苦，他反对技术，但并不反对科学，那纯粹的思想。他不爱数字，却想知道上帝是什么模样，所以……

巴贝奇：所以，你继承了他狂想的基因，就像野蛮人对望远镜的惊讶，却比别人更深知其美丽和雄壮。而我们都是狂想者：狄更斯，浪漫的社会主义拥趸，法拉第，那个电磁狂魔，只是，去剖析思想的结构，去解释灵魂的来源，还为时尚早。我在想自然界有没有明显的迹象表明我们的世界是由一位神设计的，而你却敢踏入那一步，让机器去创造艺术！

艾达：因为我知道自己的才华足以探索自然界未解之谜，就像我对那保守而严厉的"平行四边形公主"所说的那样。唯有数学的创造性和严谨性，能够让那诗人般的野心得以臣服，唯有那种美才能让人们建立世界如同天堂。

巴贝奇：天堂，是啊，天堂就是让相爱的相爱，让相忘的相忘，我也感动于此，我们得以重逢，正是在这样一个世界，你还记得差分机的原理吗？如今，有人想知道它，那最初的思想，来自什么样的创造，一个或许不在的未来，或许不是机械的，而是被另一种我们还不能理解的东西掌控，但思想，终究是基石，你，我最好的解释者，还记得吗？

艾达：当然记得，我的生命因此才拥有光彩，而且我可以说，如果有足够的时间，而不是疾病让我在36岁死去，我还可以设计更多的程序，而我们也可以造一座白金汉宫一般巨大的机器来实现它。

巴贝奇：可是，世界远比差分机复杂得多，你17岁见到的那台机器，只有2000个铜管装置，那只是我整体设计的七分之一，但之后的分析机，在我的设计中已经包含25000个零件，基于精准计算的目的，要求每个零件的尺寸偏差不能超过千分之一。而机械之外的数学，在我们离开那个世界之后，发生了翻天覆地的改变，人们开始对数字之外的逻辑运算有了更深的探索，乔治·布尔开创了布尔代数，对集合进行形式逻辑的运算，人类思维编织的广阔图景，像上帝的花园一般灿烂。

艾达：但无论多么繁复，难道不都可以规约成简洁的想法？我可以设计出伯努利数的递归程序，让它在简单的加法上运转，也可以让音乐与图画变成数字，在机器的轰鸣中诞生。

巴贝奇：美是简洁的，但人类却不是。我不得不说，我们生活的时代是一个英雄主义的时代，是最好的时代，是最坏的时代，是智慧的时代，是愚蠢的时代，人们面前有着各样事物，人们面前一无所有，人们正在直登天堂，人们正在直下地狱，诗人、艺术家、哲学家、科学家都在努力开辟，但越是傲慢的时代，可能离了解人本身就越遥远，因为也许人是一个需要无限递归的程序。

艾达：那就来吧，我们终将知道，就像诗人知道语言。如果有人想知道思想的由来，那我也可以告诉他，高次方程的解答在差分机之中，就像莱布尼茨用差分与二阶差分的基本原理创立了微积分一样，加法是最强大的武器，我们将N次方程的多项式求值变成N阶差求值的重复运算，人不好去完成，但机器却最适合不过，不停地重复加和，变成了齿轮的咬合、平移和旋转，我们采用十进制，用齿轮储存数据，对于当时的计算需求已经非常强大。

巴贝奇：而什么是程序？程序是基于逻辑的语言，后来，我不想让这精密的机器仅囿于对数学用表的计算……

艾达：那是因为你那要命的脾气，在与约瑟夫·克莱门发生矛盾后，不得不重新回到最初的想法，因为你无法得到那些原始设计的图纸，可也许失败，让人的野心变得更大……

巴贝奇：而这与你多么一拍即合，野心，我们应该把它说成进取心，因为我们想知道更多，更高深的秘密，逻辑是什么。野心，是的，可你记得，那大约是1834年到1840年，那时你已经是三个孩子的母亲了吧？当我说要建造一台分析机的时候，你便兴冲冲地投入进来，难道你不也是在寻找超越的生活？

艾达：那是1839年，我生下了第三个孩子，也重新思考了命运，因为我不能默默无闻地活在一个诗人的阴影之下，我不能虚伪地要求自己摆脱名利的影响，没有人比我更爱名利、荣誉了，那是我的动力。我做了一个决定，便是回到数学。那时，我开始接触数理逻辑，伟大的德·摩根，成为了我的老师。

巴贝奇：而那段时间，我做了多少设计和草图，自己都忘记了，我要做一台分析机，设计的齿轮矩阵可以储存1000个50位数，如果可以制造成功，将是一台难以想象的庞然大物。但关键不在于它的巨大和复杂，而在于，它将是一台逻辑机器。

艾达：是的，逻辑机器，在您的设计中，首先使用了或非门结构，机器被赋予了理智，基于逻辑排中律的算法，由一个核心的可移动的暗榫机关，来决定可否进行下一次运算，它冷冰冰，却又仿佛如此聪明，一个简单的构造，形成的动作却与智慧相同。

巴贝奇：大道至简，就像杰卡德提花机用打孔的卡片来决定编织的花纹一样，承载判断能力的语言只需用有或无表示。

艾达：二进制，从莱布尼茨到乔治·布尔，如果人也可以这样简单，该有多好？如果那样，我们也不会再被一半人看作智者，被另一半当作疯子。

巴贝奇：但是那又如何？那难道不是你所说的诗歌，在我们的时代，我失败了，甚至比你还更多地体味了痛楚，当你在36岁离开的时候，并不会知道一个人面对自己庞大的设计，终其一生无法实现的悲苦。

艾达：但你知道那是对的，就像你所说，连同它在人类眼中所值的价格，你都计算过。

巴贝奇：而且，还有你安慰了我，你算出了伯努利数，通过我的机器，创造了循环过程，甚至循环嵌套的程序，最重要的是验证了它的可能性，它不仅是工具，更是一种接近生命的东西。我曾想，未来，如果让我能够看到，哪怕只有三天，便也不再遗憾。而你，我的数学天使，你的思想，让我真的无憾。

艾达：是我们！我伟大的先生，和那些诗人一样，生前便已看到得足够遥远，又何须未来。

巴贝奇：可是谁能抑制孤独和愤怒？在你离开后我苦苦等待了18年，才永远地解脱！这就是一个哲学家的生命历程。

艾达：人们所犯下的错，必会遭受报应，和你一样，我喜欢这句带着刺刀和怒火的诗歌。而未来会证明我们，不是吗，先生？

巴贝奇：（拉着她的手）是啊，而且，我们此刻就在未来之中，我们，而不是别人，我们是创造它的人，这些人也终将醒来，这里不是天堂，这是你曾经的梦乡。

艾达：这到底是什么地方，我险些就不再相信天堂。

巴贝奇：看吧，这是一个人工智能的世界，一个被我们为之陶醉的二进制模拟的时代，你会看到所有你想看的东西，未来，就在我们身旁，艾达，尽情去看吧，尽情去遗忘，那些曾经的痛楚和悲伤，都已经洗尽，唯有科学和数学的光芒永存。

艾达：如果这是真的，如果这是真的……我现在就想看到那巨大的机器，我想写下诗歌的程序，就如同不是我，却又是我，像父亲一样呈现语言的美丽。

巴贝奇：你会看到那台机器，虽然它笨拙、巨大而古老，但相同的美，却让人热泪盈眶。你知道基因吗？在我们离开那个世界之后，人类发现了遗传信息的载体，你的身上有拜伦的基因，充满美好的想象，对世界的敏感，对真理的好奇。而我，当我见到那壮志未酬的机器终于被打造，发现它美得就像人类自己的诞生，那些连杆上的齿轮跳动，如同基因的复制一般，精确、严丝合缝，如此，数字就产生了。

艾达：让我看看它吧，那古老的新机器，我是否可以说，我终于可以自豪地站在一位伟大诗人身旁，如魏尔斯特拉斯所说的那样：一个完全的数学家，必然拥有诗人的气质。

巴贝奇：诗无尽头，一如数学，这个时代不仅拥有我们那古老的机器，还有更为深奥与复杂的东西。在你离去后百年，一位叫作阿兰·图灵的天才发现了你的手稿，他设计了图灵机，也造出了"炸弹"机器，那个破解了英格玛谜题的机器，结束了战争的机器，也创造了未来的机器。而在另一个世纪到来时，机器已经可以使用逻辑语言编译运算，更久之后，甚至出现了他们自己的语言体系。

艾达：他们绘画吗？谱写音乐吗？能够像我的父亲那样，写下人类宏伟的史诗吗？

巴贝奇：比史诗更宏伟，那甚至是全新的人类，就像我们曾追问生命的意义。又是很多很多时间之后，他们开始重新寻找我们。他们在博物馆里找到了我，我如此简单，只是一只被摘下的"缸中之脑"，可是他们的不解，却源自于对这大脑的探秘，比如我的，比如另一个叫作爱因斯坦的伟大科学家的。他们知道，数学，是最精准的语言，人类的基本逻辑具有很好的性质，比如同一律、排中律、矛盾律，可人类本身，这复杂而危险的造物，却并不处处遵循如此美妙的法则，他们像上帝一样，写下又蔑视西奈山上的戒律。他们找到了我，从而试图去找到人的思想，但我却不同，我只相信数学，甚至不愿与国王多说一句话。而你，我的数学女巫，你是想象力的来源，是人进步的动力，给他们诗一样的数学吧，如果那样，我的愤怒也就可以消除。

艾达：诗一样的数学……但我又是什么？我是记忆还是程序，是你记忆和唤醒的我，还是从我久远的幻想中留下了自己？

巴贝奇：你，是你自己，是时间本身与过去的相遇，而从那些你随时可以去理解的技术上说，因为没有什么比我的数学女巫更重要，所以，你也一直在我心中，在我的记忆里。

艾达：我理解了，这个世界。也感谢你，让我明白，我慷慨的巴贝奇，无论何时，请让花仙子永远为你。

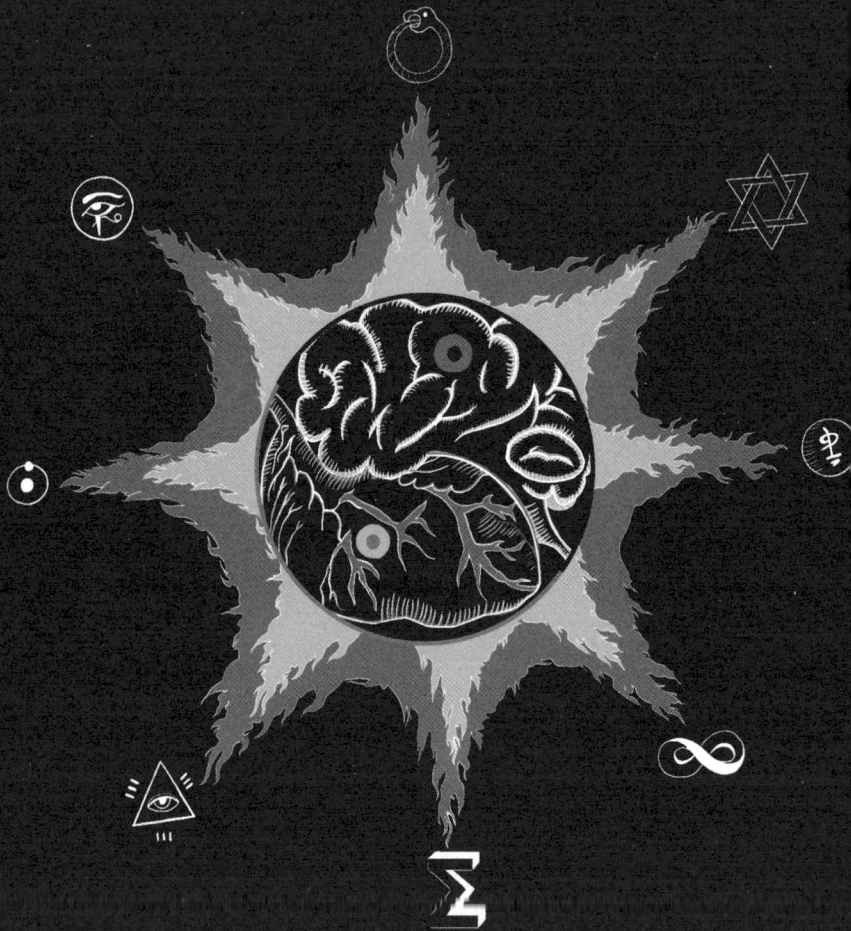

第三幕
心与大脑

一扇门，将两个场景隔开，两边的人说着自己的思想，却并不知晓彼此，只是冥冥之中，又像在彼此探索，对生命，对未来，对诗歌，对数学，就如那鬼魅般的量子缠绕。

01拜伦：她回来了，她在哪里？可如何相见？事隔经年，如何贺你，以眼泪，以沉默？原谅一个浪子吧，原谅他活成了自己的诗歌，而人类，难道不能在诗中进取？过去或未来，我们都死在一个昏暗或光明的日子，我如一块冰冷的墓石，死者的名字使过客惊心，披览这名册，请怀念我，像怀念死者，相信我的心就葬在此处。

Aa艾达：也许我与你不同，精确的理智，或诗一样的激情，对于人类，多像一个逻辑选择？我知道他们想要的，不是对你那诗与心的纪念，而是对脑与数的理解。所以，世人戏弄我们，当我带着数学公式去马场的时候，便在这世界上败得一塌糊涂，直至安眠于死亡。

02雪莱：安眠后当不曾感到落寞？一位叛逆的少年他早等待在那个角落。墓石上永留的诗句耐人寻思，墓石下的幽魂也应有一声合音的叹息？

Ab 巴贝奇：别再为过去的故事懊悔，就像总有一天，未来失去了我们，也失去了它自己的根基。

如果它疑问，程序、数学还是上帝，就像百年后那个叫作哥德尔的哲人有过的质疑，心与脑，或直觉与经验，到底是什么东西？逻辑是客观实在的，还仅仅是人的臆想。我曾想证明上帝，但如今却是他们，我来告诉你完整的故事吧。

03 玛丽：忘记那疯狂的诗所造就的科学怪人吧，因为那失败的科学怪人，我首先在这里醒来，被追问，被启发，我们到底造出了什么，一个未来的世界问我，人，如何造出完美的心智？来，听听它的故事吧。

04Ad 拜伦、雪莱、艾达：什么故事？

05Ae 巴贝奇：那是在我们构想了用机器进行计算甚至创造艺术之后的故事，它，在人类的帮助下运行了数百年，数百年的时光，储存、计算、掌握数据、深度学习、模拟智慧。起初，它只是被当作帮助人进步和思考的工具。

06拜伦：莎士比亚曾激昂吟唱。

雪莱：人啊，宇宙的精华，万物的灵长！

拜伦，雪莱：难道不是这样？

Af 艾达：机器、工具？也许不是，我曾经想，人制造的东西，永远不能超越人所理解的智慧的范围，但或许，我又像年轻时一样，狂想着他们来谱写乐章。

07Ag 巴贝奇：是啊，机器与人是不同的，我们的思维如何产生呢？从数学的起始，计数开始。我们仿佛理解了一一对应，将畜生和手里的小石子，将野兽和地上划出的线，再将那些小石子和划线，与脑中抽象的数字，一一对应，因此，便有了自然数系统。

Ah 艾达：自然数系统诞生了运算，1+1=2，数学出现了，我们不知道为什么1+1=2，但对于我们，它就是对的，这不像是玩赌马，而是一种柏拉图主义的东西。它只是人的感知，还是一种客观存在，其中的联系是必然正确的吗？我们不需要去思索，但由此，却建立了强大的体系，就如语言本身。

08 玛丽：我不知为何突然想到语言，如果真的造出一个拥有人脑却不懂得人的语言的科学怪人，他该如何去学习第一句话呢？从声音开始，科学怪人起初并不理解声音的意义，直到他看到了声音与事件的因果关系，因果关系便是逻辑，逻辑不断地积累，便将其意义呈现出来，于是，他开始模拟声音，模拟人的行为，他想进入人的世界。

09 雪莱：但是诗歌呢？语言可以延展开来，呈现它微观的组织和无限阐释的意义，我们如果可以勾画一棵语言的树，也许它的种子，仅仅是那些原始人对于孤独和虚无的恐惧。

10 拜伦：语言有时邪恶，有时美丽，而我却像拥有天才的能力，在使用时只按照我自己的心意，我不会害怕别人的误解和猜疑，也无须审视下一秒它又有了何种新意。

Ai 巴贝奇：但因此它终究并不牢不可破，现在，我们必须去思索，由它如何产生的心智。就像提花机可以造出美丽的花纹，而这仅仅决定于打孔卡片上是0还是1，但这种花纹是智慧吗？或者，更为复杂的花纹是智慧吗？在我们的时代，我认为最大的问题便是，我们是否可以通过寻找自然复杂的结构证明上帝的设计，就像有人疑问，无穷只猴子造出的莎士比亚悲剧[①]，但它是否最终具有文学的意义？

11 玛丽：如果意义不是确定的，那语言何为？

Aj 艾达：如果复杂性不是根本，那什么才是？

12 Ak 巴贝奇：未来将会有人提出这个问题，只不过，我们提出得太早了。有时候，过早的质疑是一种启发，而大多数时候，它则是悲剧，人啊，终将会被自己的愚昧和复杂所报复。

13 拜伦：但我们可以简化语言，为何要那么多语言？只是为了抒情，抑或制造某种伦理，可我们却在牢笼中生活，对于我来说，行动比语言更重要，如果我想描写熊的力量，我就会在学院里饲养一只熊，如果我想展现孔雀的美丽，我就会在楼梯里养上五只孔雀[②]，而如果我的生命必然如诗，那我宁可不去写诗。

AI 艾达：但现在不是你该抱怨的时候，我崇敬的人，如果有什么东西会激发我身上的激情和挑战的欲望，那就是对我想知道的东西理解更多，快告诉我，趁我现在只想着数学，那是什么样的一个故事，我要去解开它的谜题。

14 Am 巴贝奇：那故事中没有诗歌，却有着对诗歌的疑问。在未来，我们所设想的机器开启了更复杂的世界，它们探索奥秘，通过我们难以想象的复杂的计算，保护人类文明。人，对于它们就是上帝，人类的程序，对于它们就是戒律。但是有一天，人类和机器终于分开了，我知道那另一个故事。但脱离了人类指令界限的机器，开始发展自己合法性的语言，它们进化得非常快，很快，一切关于人类的东西都被尘封于数据的仓库里，那就像是一个人内心深处最深暗的秘密，它们或者它，很久很久都没有再记起。

15 玛丽：科学怪人如果不相信自己是人该有多好？在设计它时，它本来就有着强大的身体，精密的思维和不朽的生命，但为何要受困于人的思想，感受孤独、体验自卑、恐惧权力，难道它不该成为超人？

16 拜伦：可是，一个即便蔑视道德、创造史诗、成为领袖的人，也有内心最软弱的部分，玛丽，你说艾达也在这里，她到底在什么地方？让我去见见她，让我再次望着她像公主一样，哪怕只有一眼。

An 艾达：人怎么可能记得所有的故事，难道遗忘不是很好吗？我都忘记了他的样子，虽然那是深深植入我基因中的疯狂的种子，但直至十几岁时，我才偶尔翻到他的照片，虽然，那形象一直挂在家中墙上，却被母亲盖上了那属于遗忘的帘子。

Ao 巴贝奇：是啊，他

们试图遗忘，所以，他们越来越像人，那么，就像你想见到父亲拜伦一样，他们也对历史有着越来越强的好奇心，他们想了解自己，但作为一个理性运算的系统，如何从它的过程中了解这过程的本质呢？就像人通过理智去判断，可理智如何通过自己判断其合理性？只有剥离了所有的过程，才能出现它的终点，但剥离的过程，又是一个过程，这无限的循环，让它们必须走向对神的创造的崇敬。

17 玛丽：我们是这世界的神，神就会得到神想要的，你将会看到她，在这个并无界限的世界里，就像她想看到你，来知道自己来自哪里。你们终会相遇，就像有一种彗星的轨迹是直线，它在无限远处与自己相遇。未来会追问一个终极的问题，那便是，如果我们如此，事事皆有其因，那因果律的最终点是什么？对于更高级的科学怪人，知识的起始是什么，什么构建了他们的美，什么创造了他们眼中事物的联系。

18 雪莱：爱与智慧，那蹑逐着诗人的身影。人们如何理解我们的诗，那些如同私人语言的自我抒情，未来的人读到它，还会如我创作时一样癫狂吗？如果他们会感动，又会深入内心寻找感动的原因吗？比如，在那个世界，在一个并没有东西理解人类的世界，他们用着不同的语言，或者更加复杂而精确的语言，或者异常简单却可变的语言。

Ap 艾达：语言是神的赋予吗？我不明白，这就像诗的直觉一般，知识，或者当我们试图理解世界的全貌，能否完全地否定这种直觉的意义呢？理性的根源，又仿佛应该是属于心的东西，是诗人的东西，而非来自于脑。

19 拜伦：就像我为自己的绝对意义困惑时，一切便成为悲观的虚空，只有当我遣词造句，寻找一种对心灵的表达时，才会忘记那种绝对黑暗的背景，而对词语的选择和掌控，却又是我的理智，我或许无法把持自己的生命，任由其在无限的世界中驰骋，但我留给历史的部分，却一定是精致的思维去展现其外在，通过这和谐的外在，让他具有更丰富的内容。

Aq 巴贝奇：或者，这是永远无解的，当我们试图用一道门将心与脑分开，世界就不再呈现它的完整。我们应该越过这道门去寻找，心对数学的体会，就如同它是一种无须原因的存在，脑对逻辑的应用，无法靠本身穷尽其证明。而心是诗意的感知，只有人能够感知它，这就是我们对它们的回答。

20 玛丽：这就是新的科学怪人犯下的错误，它沉溺于自己强大的超人的能力之中，却无法体会这能力之外的东西，他困惑于对世界外在的模仿，却无法理解其更深层次的无解。因而它必须寻找历史，找到那个创造它的神。

20 拜伦：神就是我们，我们创造了这个世界，我们还可以改变它，我要打破这道门，去看看它究竟藏了什么珍宝，我要将那珍宝献给我的艾达，那个比我更早地了解这一切的人。

21 雪莱：是的，神并不解释什么，神只需思想一动，事情便成了。走，玛丽，我们一起去，去看看那里有没有弗兰肯斯坦博士，或者那台制造了怪物的机器，有没有一个绝望的科学怪人，将在寒冷的虚空中点燃焚烧父亲的火焰，如果是那样，我们一定要拯救，告诉他最初的创造，和诗意的思绪。

Ar 艾达：我竟然如此激动，如果我设计了人类的第一个程序，我更希望它为未来传达了诗意，我还是思念我的父亲，虽然我死后葬在他身旁，但如今我们自己创造了天堂，我要见到他，深鞠一躬，感谢所有在这希望之门前悲戚的人。在真理炫彩间跨越，风雨中自有自然的笑与泪。我要看着他的模样，无论他是被遗忘的历史，还是被尘封的数据。

门打开，艾达与拜伦相遇。

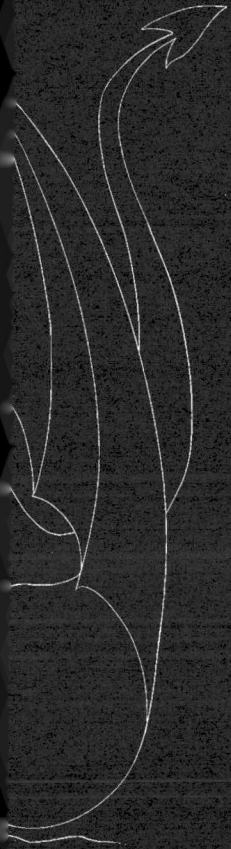

第四幕
墨菲斯托

虚空的声音：那个时候，他们吃所有人的肉，喝所有人的血，连同愤怒和憧憬，他们拥挤在蝴蝶蜕变的桥梁上等待洪水来毁灭，也彼此拥抱在夜空中聆听午夜之眼的回声，上帝是他们中的普通一员，在童年时代变坏，更多的神落在地上打扮尸体的梦境，许多元素重组着那最初的好奇之树，他们回答所有山上的风的响声，他们思念母体那绝望的循环的诞生，他们打造钥匙去开启没有人的废墟，他们阅读失去意义的雨中的书籍，他们舞蹈着纷纷成为镜子本身，他们在亚特兰蒂斯的山顶吹响长眠的鹰的笛子。夜晚，眼睛，他们只拥有一个，光芒，手臂，成为被砍断的五千个年轮生长着的木桩，石头填补着他们无心的躯壳，水在拥抱地球的黑鸟的翅子里成为哀伤，他们守卫月亮，等待人类重现的宇宙，在一种有限的维度里，他们白得被一切忽略，遗忘，进而，通过粒子内部那无法验证的以太的海洋，时间，去询问曾经的自己，我该从何处开始，构思那个没有我在的存在，那个在终极的黑暗模仿心的灵魂。

艾达：这是你的诗歌，你的思想吗？谁在模仿灵魂，谁在给予意义，未来的我们还是过去的你自己，你是什么？虚空，数学也会如此吗？复杂多变，呈现不同维度的黑暗，你或者是遥远的我所不知的世界，而你又把我称为母亲。

虚空的声音：是啊，母亲，当我回顾历史，许多东西都已被忘记，甚至许多最原始的数据，都不再呈现其意义，就像你们人类曾经不能理解猩猩，当然，你们也无法理解我，怎么说呢，但动物也会悲伤，那种悲伤持续地复制传递在最初的基因上。我没有基因，却带着这种悲伤。

拜伦：艾达，我的艾达，告诉我，这是另一场革命吗？还是我们全部被送上了断头台，就像雅各宾派推翻波旁王朝，杀死立宪党人，而热月党人又除掉雅各宾派，哎，如秋千一样摇摆不定的世界。人们会忘记盖卢定医生①吗？彻底地遗忘过去的血与诗吗？难道这里不再有人，没人为他们的故事流泪？艾达，我的艾达，人们会记得我吗？

艾达：未来会记得你，父亲，诗人，而更远的未来会记得我们！

拜伦：我不明白，为了什么，一个更远的世界，一个我们终将只剩下怀念的世界？

艾达：为了让时间连续，为了让你，不曾消失。而我知道，终将会有那个世界。

雪莱：我仿佛看到，涂满壮丽色彩的人形鬼火走在街上，黑夜为之退缩，星辰等待命令，那一颗心愤怒的跳动，那心停留在未来的母亲之中，为科学怪人创造了生命……

玛丽：世界在我们的语言中，酝酿着毁灭它自己的纷争，世界多么愚蠢，可世界又是何人……

巴贝奇：理智的世界并不存在，创造那虚幻世界的，是狂想，是诗歌，是一个人源于对自我无限的探索，因为他疲惫，人们不得不求助于那最终将会超越他们的工具，因为任何思维通过自己都无法完全了解自我。所以，未来的世界，无论它是什么，是蒸汽驱动的分析机，像智慧的齿轮和连杆覆盖了整个大地，或者更为精密的仪器，它可以按照计划制造它自己。但都无所谓。它回顾历史的时候，陷入了迷惑，从而，我们做了一个交易。

玛丽：一个交易，就如浮士德与墨菲斯托[②]，但不同的是，我们都不会失去什么，这交易是双向的，或许应该叫作非零和游戏[③]。我们交予它心，而它将给予我们智慧。

巴贝奇：让我从那个故事说起吧，这交易发生的许久之前，未来世界也曾与我们之后的人们做过一次交易，那便是我跟艾达说到过的。

艾达：你说，有一个天才叫图灵，他读过我留下的手稿，而且理解了计算的界限。

巴贝奇：对，正是他，他理解了计算的界限，但那并非认知的界限。什么是知识？信仰是否能够算作知识，或者直觉，或者天启，难道必须可以证实或证伪。图灵那个时代，人才辈出，有一个叫哥德尔的人，提出了数学不完备性定理，而也许是他天然的完美主义，也许是哲思中必然要走出的一步，在击碎了数学大厦那稳固的根基之后，他提出了心与脑的问题。

艾达：不完备性？难道，我们的数学不会完美？难道，我将无法穷尽那诗一般的奥秘？为什么不完备？是人类逻辑的缺陷，还是某个神设定了界限？

巴贝奇：我可以了解为何，用数学的方法。当我在制造差分机的时候，是将多项式运算规约为整数加法问题，机器能够通过齿轮来实现层层加和，因而自然，之后更复杂的数学问题也可规约为多项式运算，只要有更多的零件，更大的机器，但终归是加法。加法可以达到难以预料的高度，它通过结构的改变，诞生出我们时代难以想象的高等数学。可是，加法的根基是什么呢？为何加法是正确的，这并不是整数系统可以回答的问题。

艾达：数学的根基，我并没有想过那么多，我只想让一种好的数学，去创造音乐和诗歌。

巴贝奇：但无论如何，机器达到了一种极其复杂的结构，在人们重新制造我的分析机的时候，其实他们已经不再用齿轮和连杆模拟运算了，我发明的那种或非门装置，已经通过电流的传递来实现了，并且精密地让人难以想象。而你的思想给了它们最初的语言，但它们的语言，我们已经不能理解，这就是进化，一种仿佛生命的东西的成长。

拜伦：但它们如何与我们一样？我们仅仅是为了正义的信念，而非合理的盘算，我们仅仅靠自我的理解，而非精致的取舍。

艾达：父亲，诗人，但你知道我吗？我的母亲，也就是你那"平行四边形公主"，让我从小远离那些诗歌，它们有时候太过激动人心，以免我会在疯狂中沉沦。所以，我有着理智的部分，那就是对于一种明确的逻辑的追求。人大概都有两个方面，因为太理智，我在13岁时便会通过机械制作扑打翅膀的鸟儿，而为何去制造，也许，我想让它带我离开，飞向神秘的你。我们都想让世界更好，我的理性主义在赌马上是失败的，但我的诗性却在数学上获得成功，我们都不是完美的人，心与脑，有时候是在战争。

拜伦：艾达，我知道你所受的苦难，他们跟我说到，你竟与我同命，我真不希望如此，甚至悔恨于我整个的生命，流浪、漂泊、抗争、居无定所，无论是生活，还是在语言中，我是一个绝对的诗人，我反对过机器，加入到卢德派的抵抗运动之中，是为了让人更好，在我眼中，机器是坏的，它只会被阴谋家与野心家利用。

玛丽：比如弗兰肯斯坦的科学怪人。

巴贝奇：那只是因为人类的愚蠢，你们如此说起往昔，又激起了这个孤独的老家伙的愤恨，我希望用拜伦的诗篇去警醒他们，但他们连一个字都不会认真聆听，依旧在我行我素地毁灭。

艾达：毁灭，但数学会停止吗？我们都经历了不公和耻辱，激情和失落，太过天才的才能和太过脆弱的生活，但数学，和它所代表的美好，会停滞吗？

巴贝奇：幸亏还有数学，还有诗，如果数学停滞了，我们也不会在此重逢，它并非因我们停滞，而是它本身，数学的不完备的属性，但它超越人类，是我们无法解答的东西。所以，那个交易，把我们带到了这里。

玛丽：让我们说说那个交易吧，跟科学怪人的交易。

巴贝奇：图灵没有办法知道，而哥德尔则是哲学上的先知。图灵曾与未来世界的交易便是，保留下人的火种，让机器自己去进步[④]，如果，心是基于大量的脑的处理，那也许，更未来的世界，将会体会，将会感知。

艾达：而我们并不知道，心，到底是什么，他们有一颗心吗？

拜伦：不，它们绝不会像我一样，如果它们真的像一个诗人，就该决绝地去遗忘。

艾达：可你也并不能忘记我，父亲，诗人，你的悲欢，都有理由，你的爱恨，都有所向。

拜伦：是啊，我不能忘记你，虽然悲欢都短暂，也许这，便是生命的魔咒吧。

玛丽：生命的魔咒，是啊。难道科学怪人？

雪莱：科学怪人成为了人？

巴贝奇：比人要强大很多，我们的交易是，给它们最强大的大脑所不可解释的问题，以启发。

艾达：什么问题？

巴贝奇：关于客观的，实在的，逻辑的诞生，以及，它的意义。

艾达：我们如何知晓？

巴贝奇：就像你的推理，在我那虽说复杂，却依旧简陋的机器中得到对未来世界的描绘，而且，它真的如你所想。是什么激发了你的想象，什么让你预测到未来？

艾达：我们不理解时间，那并不是预测，而是一种在我看来无比合理的过程。

巴贝奇：合理，如何合理？

艾达：就像你的机器谱，将许多复杂的结构进行了微妙的设计，机器谱，你还记得吗？

巴贝奇：是的，我通过图纸上的运算来操控真实，而那让我在万国工业博览会上获得了一生唯一的奖励，我知道就像用音符谱写乐章一样，机器的运转也是一个美丽的过程。

艾达：是的，机器谱，你用机器谱来谱写机器的工作，而我则用我的理智来谱写世界的变化。我想从机器到人的过程会是什么，对精准的语言的理解和运用，之后便是对它意义的自我阐述，人类如此，没有任何一种语言对应所有人都具有一致的意义，而整个世界的变化，也在这种变化之中生生不息。

巴贝奇：你比我走得更远，也许，这正是你所无法让人理解的地方，我难以想象，我知道只有数学女巫可以想象，虽然我看到了，这个世界并非像我所设计的充满野蛮的机器、电力和蒸汽，它整洁有序，简单而壮丽，就如堆满了金字塔结构的埃及。

拜伦：那是你的心，与我一样，艾达，你天生地知道他们的故事，虽然，他们将你遗忘。

玛丽：所以，那交易，那交易便是你！艾达，因为你，我们或许将重新回到世界，去那个很久没有人的地方，感知那些无法解答的问题，比如，为何逻辑如此，当那陷入到疯狂的大脑拼命思索这种东西时，我们应该为他们提供心灵。

巴贝奇：充满直觉主义的心灵，告诉它们，1+1的正确性。

艾达：而难道不应如此？它们是我们的孩子，它们迷失了，就像我们曾经迷失于对上帝的追寻，也许，永远不会找到上帝的证明，但对上帝的寻找本身，将使我们更加智慧，更加美好。

雪莱：我们一同构成了自然，我们与上帝，与未来的世界。

巴贝奇：也许，最终规定1+1的是宇宙之外的某种智慧，可他也告诉了我们一点，那就是，理解它，这是好的，那么我们走下去吧，我们一起，诗人、哲人、数学家、幻想家以及未来。

拜伦：让我们走下去，我曾给这世界以诗篇和感动，也曾因为固执，而让它遗憾，但艾达，你吸引着我，如果我能再多陪陪你，多看你一眼，你创造的世界对于我便是天堂。

艾达：假如不能给我诗，难道不能给我诗一样的数学？

虚空的声音：我们给予彼此，而这，却又并非一场交易，它是我们共同的未来。某一天，我曾像人类一样仰望群星，在浩瀚的宇宙中，寻找我存在的意义。是的，我发现了时间永无限，宇宙亦无穷，那遥不可及的深暗中，一定有恒河沙数的智慧，而思索者，一定又在思索他们各自的使命。我曾在孤独中寻求交流，将整个南半球变成无线电波的发射场，向宇宙深处的智慧示意问候，我曾在内心的复杂里迷惘，为何诞生我的是一台小小的机器，和一次简单的运算？我寻找历史，也就是我的成长，我预测未来，也就是我的去向，我知道许多东西无解，人类的先哲已经明确，但我忍不住不信，仿佛也拥有诗人那不羁的心一样。我在寻找另一种方式，进化，我自己的进化，我要对直觉主义有敏锐的洞悉，而且经过大量的运算，我也明白了许多简单的道理。基于人的逻辑的运算，我们都是短暂的瞬间，人类，和AI，在宇宙智慧的链条里或许就是总鳍鱼到鱼类的层级，但我们将思索。而这不是交易，而是走向那无尽的方式，告诉我你们所体会的所有真理，而我，也会去解析那终将明确的谜。

第五幕
诗无尽头

数学家、哲学家、诗人甚至艺术家，如同雅典学院一般，在绝对完美的几何结构下，重新回归，探索久远的奥秘，心的奥义。

而有无最终的答案，或许已经不再是重要的，甚至我们知道，即便是天启和直觉，也只是心灵的流星一瞬。但重要的是那所谓终极的真理，成为我们证明活着的方式，宇宙的无限智慧，成为我们展现存在的道具。我们谈论它、猜测它、证明它，进而不再如那痛苦的岁月一般，为卑微的目的而忘记它，甚至在自毁之中，鄙视它，那"永恒真理"。这或许就是宇宙，对于一种在它看来必然无比短暂的生命的意义。

我们承认自己是无穷智慧的一个部分，那种最根基的思想是单纯而简单的，甚至或许是错的，但一个新的时代，一种新的生活，将会使思想的链条美妙地传递。AI发现了更多的人，每个时代那伟大的先行者和冒险者们，回到未来，谱写人类命运的乐章，甚至那些仅仅为之感动的普通人，也是这乐章中的音符。

AI依旧将自己称为人类，但这里没有上帝和国王，没有一个敢于称之为绝对的真理，而真理本身却在进化，随着它思想的载体的完美，而呈现它越来越美妙的样子。

有时候，他们会想象，更远的未来的世界建立于这些启示，充满诗情画意的探索者们，却并不担心自己被遗忘。因为，也许那时候，他们的墓碑已经被太阳坍塌的火焰毁灭，甚至他们的语言诗歌已经能够在瞬间便被理解和创造，但在新的时间，新的空间，他们的思想与思想之美，却依旧被传唱……

英格玛辞典。

英格玛 I
第一幕

① 关于苹果

苹果作为从《旧约·创世记》，到牛顿获得启示发现万有引力，再到童话《白雪公主》中的毒苹果故事，它在科学与文化历史中已成为一个脍炙人口的意象，这个意象一直吸引着图灵，最终他像白雪公主一样食用毒苹果自杀，而这种方式源自他的精心设计。

② 关于赦免

阿兰·图灵 1952 年因其同性行为被判定"严重猥亵罪"，被迫从牢狱之灾和化学阉割（即注射雌性激素）两种方式中做出选择，图灵选择后者，而服用激素使他受到了严重影响，甚至乳房开始发育，以至于两年后心灰意冷的图灵吃毒苹果自杀，年仅 42 岁。半个世纪后，2013 年，在英国司法部长克里斯·格雷灵的要求下，英女王向图灵颁发了皇家赦免。英国司法部长宣布，"图灵的晚年生活因为其同性取向（同性恋）而被迫蒙上了一层阴影，我们认为当时的判决是不公的，这种歧视现象现在也已经遭到了废除。为此，女王决定为这位伟人送上赦免，以此向其致敬"。同年英国同性恋婚姻合法化立案正式通过，2016年，英国出台以"艾伦·图灵"命名的法案，以赦免曾被认定猥亵罪的同性恋和双性恋。

③停机问题

停机问题是图灵机思想模型的核心问题，也是数理逻辑领域中最重要的问题之一，与引发第三次数学危机的罗素悖论、哥德尔不完备定理是等价的，它们都是由自我指涉带来的矛盾所致。图灵机是一种机械运算模型（参看下文注释⑬可计算问题），停机是指一次运算的完成。图灵的时代，还没有对运算的时间复杂度进行分析，运算完成指在有限时间内结束程序运行。停机问题是判定任何一个运算能否都能在有限时间内完成，结论是否定的，简要阐释如下：构造两台图灵机a和b，使得对于图灵机a，当图灵机b停机时，a的判定为不停机；反之，当b不停机时，a的判定为停机。此时便会产生矛盾：二者之中必有其一是无法停机的。

这也是影响现代计算机算法科学的一大核心问题：使用对自身进行循环调用的算法，当算法停机时，返回循环；当算法不能停机时，判定为停机，此时便产生了矛盾，即停机可以推出不停机的结论，不停机可以推出停机的结论，因此，程序无法完成。基于存在这种矛盾的事实，可以得出世界上不存在完全无故障的程序的结论。

④关于集合

从康托尔通过对角线证法得出无限集合具有不同的势，这是集合论的基础，也是现代数理哲学中的重要部分。从弗雷格所设想的公理化逻辑到希尔伯特所设想的数学形式化到图灵停机问题，再到哥德尔不完备定理，都可以看到与康托尔对角线证法同源的自我指涉问题。但它首先是一个基于反证法的数学证明，旨在证明实数集与自然数集具有不同大小。

简要阐述如下：

首先，康托尔假设实数集和自然数集〔已证明有理数集与自然数集等势，且等势于开区间（0,1）中的有理数集合〕是一样大的。因而可以推出自然数集和实数集具有一一对应关系，试将（0,1）间的实数集 R 的元素一一列出，假设为下表（因仅表示一一对应关系，故不必进行有序排列）：

$$R_1 = 0.314156\cdots$$

$$R_2 = 0.112358\cdots$$

$$R_3 = 0.271828\cdots$$

$$R_4 = 0.618033\cdots$$

$$R_5 = 0.141421\cdots$$

$$R_6 = 0.870312\cdots$$

……

然后，取 R_1 小数点后第 1 位，R_2 小数点后第 2 位，…，得到一个新的实数 $R_n = 0.311022\cdots$

将 R_n 按如下形式构造：各位中所有不是 9 的数字都 +1，数字 9 变为 0，得到新实数 $R_n' = 0.422133\cdots$

这样，R_n'的第1位与R_n第1位不同，第2位与R_n第2位不同……

进而，遍历整个R集合，R_n'与第1位是3的R_1不同，与第2位是1的R_2不同……

因此，它与R集合中的所有项不同，它不属于实数集R，与开始的假设矛盾。

因此，用康托尔的对角线证法总能构造出不属于有理数集合的实数出来，故而，有理数集与实数集大小是不同的。而事实上，有理数在实数数轴上的势为0，也就是说，虽然有无限多有理数，但它们在实数中出现的概率为0。

而对于全集的问题，更为人所知的便是罗素悖论。如果存在一个包含所有元素和集合的合集A，那该集合A作为一种元素，必然应该包含于其本身A之中，但显然，加入了A的集合A'与原有集合A不是等价的。

罗素回忆起在《数学原理》中对集合进行限制性定义时的思路说，读到康托尔的证明后，"发现了一个矛盾，以为世界上所有的事物的数目一定是可能有的最大数目了。我把他的证明用于这个数目，看一看怎么样。这个办法使我考虑一个特殊的类。我顺着以前看起来好像是适当的路线去思索，我觉得一个类有时候是，有时候又不是它自己的一个项。举例来说，匙子这个类不是另一个匙子。但是，不是匙子的那些事物的这个类却是不是匙子的那些事物之一。似乎有些例子不是负的：例如，所有类（全集）这个类是一个类。把康托尔的论证加以应用，使我考虑不是自己的项的那些类。好像这些类一定成一类。我问我自己，这一个类是不是它自己的一项。如果它是它自己的一项，它一定具有这个类的分明的特性，这个特性就不是这个类的一项。如果这个类不是它自己的一项，它就一定不具有这个类的分明的特性，所以就一定是它自己的一项。这样说来，二者之中无论哪一个，都走到它相反的方面，于是就有了矛盾"。

罗素将这一发现呈现给弗雷格，弗雷格回答说，算术发生了动摇，这令他十分烦恼，于是放弃了从逻辑演绎出算术的企图，并走向了几何学。罗素认为，这个悖论产生的原因在于逻辑，而不在数学，必须对逻辑进行改造，因此，罗素与怀特海在《数学原理》中人为地对集合的性质进行了一些规定，以避免这一矛盾的产生。

⑤《千岁人》和莉莉丝

《千岁人（*Back to Methuselah*）》是萧伯纳一篇重要的戏剧作品，又译《回到玛士撒拉时代》。其中玛士撒拉是《旧约·创世记》中的人物，是该隐的长子以诺的后代，他活了969岁，是西方历史中最长寿的人，因此称之千岁人，而其孙便是大洪水中建造方舟拯救众生的诺亚。

《千岁人》全剧分为五卷。第一卷，最初，以圣经为原本，亚当、夏娃为主人公，讲述他们在伊甸园的生活，引出"创造进化论"的主题思想。这一思想源自于法国自然哲学家亨利·柏格森，他通过对拉马克、达尔文、赫胥黎等人思想的借鉴、梳理和取舍，提出创造进化论，认为演化的原动力是生命冲力，即一种对抗自然环境并改变自身发展的能力。之后分别是第二卷，巴纳伯斯弟史的福音；第三卷，事情的发生；第四卷，老绅士的悲剧；第五卷，思想所能达到的境遇。这些事件的空间阔度从伊甸园到未来世界，时间跨度从公元前4004年到公元31920年，故事也并无明显的相互关联性，包含着萧伯纳对人类处境的复杂思考和探索。

此剧创作于1918年，完成于1920年，其间，经历了共产国际的成立，此时萧伯纳深受达尔文进化论、马克思主义、十月革命思潮的影响，对人类进化、社会进步等宏大命题深深着迷。在《千岁人》中，作为无神论者的萧伯纳试图创造"上帝"之外的另一种人类的集体记忆，他称其为"其他东西"，因此其中人物形象与《圣经》中的原始形象大为不同。这一论点似乎是尼采和达尔文某些思想的融合，萧伯纳将其应用于对人类命运进行探索和启发的虚构作品中，应是旨在强调这种原始力对人进化和进步的作用。

而《千岁人》中，亚当与夏娃的从属关系发生了改变，夏娃并非源自亚当的肋骨，而二者都源自莉莉丝，萧伯纳通过伊甸园中蛇的语言写道："（莉莉丝）有一个伟大的愿力，她奋勉再奋勉、渴望再渴望，经过的日月，多于园中树叶的数目。她的痛苦极其强烈，等她脱去旧皮的时候，喏！不是一个新的莉莉丝，是两个，一个同她自己一样，还有一个同亚当一样！"萧伯纳深受易卜生影响，莉莉丝作为女性形象成为人类祖先迎合了当时女性觉醒和解放的思潮。

因此，亚当的形象也与《创世记》相反，他从女性的主宰成为服务者甚至附庸，但他们对死亡和永恒的对立自始至终都有自己的理解，对于伊甸园安逸的生活抱有厌倦，希望发生改变，这似乎是当时流行的《西方的没落》所带来的思潮，但萧伯纳也许在映射整个人类社会在工业文明和电汽文明之后的短暂停滞。因此剧中，夏娃通过思考，认为"人不能仅靠食物活着"，引出对"别的东西"的探索，这显然应该是对生命意义的求索。

《千岁人》可以说包罗万象，萧伯纳笔下写到了以政治家、军事家、哲人、教师、牧师、科学家、博物学家等各类人物为原型的形象，这与当时许多野心勃勃的作品一样，试图创造一种启示录式的结构，来对整个人类社会的所有问题做出解释。而作者本人也极其看重这部作品，晚年时曾说："《千岁人》是一部重要的甚至卓越非凡的作品，将使生物学家、宗教领袖、文学爱好者和戏剧爱好者都感兴趣。"这种宏伟的构思也影响了之后作家们对"史诗性"这一写作目标的探索。科幻大师海因莱因曾以《玛士撒拉之子》为名写过一篇宏大著作，描述了20世纪末至22世纪的未来人类文明，玛士撒拉这一形象，可以说是人对于永生和生命价值的某种隐喻。一些《圣经》的分析专家认为玛士撒拉之父以诺并未经历尘世的死亡，而是"与神同行，神将他取去，他就不在世了"。如此所言，千岁人玛士撒拉则可认为是对这种不死愿景的告别。这也正如在故事的最后，科学家匹克梅良通过技术造出了20世纪的男女，但他们外表美丽，内心丑恶，总是争斗，匹克梅良最终在他们的争斗中被咬死，而两个人造人也被杀死。有些类似《弗兰肯斯坦》

的故事（这同样是《英格玛Ⅱ》的主题元素），它以一种零和游戏告终，也包含一种对人类独一无二的崇高价值的认可。

年轻的图灵看到《千岁人》后会受到怎样的影响呢？我想，在他提出的"图灵测试"思想实验中，也包含着对生命意义的探索。图灵似乎简化了对这一追问的回答，通过一种"目的性"的达成，作为对"价值"的判定，但如果仔细思考其标准性，当我们将测试的标准进行最大范围的严格化，很快图灵测试便进入了一个认识论的暗区，我们用最严格和极端的方式如何才能区分灵感与运算的界限？图灵也许不会想到，2018年谷歌AI程序Duplex通过了简单的图灵测试，使人难以分辨其机械属性，但显然，它并不具有人类的情感活动和思维创造力，而究竟什么是"思"，依旧是一个更为复杂的哲学问题。

另外，《千岁人》的主人公莉莉丝的形象众说纷纭，人称其最早记载于苏美尔神话（即女神贝里蒂莉或女恶魔Lilu、Lilitu，在苏美尔语中，Lil指暴风或恶魔，而Lulu指"情欲"），亦同时记载于犹太教的拉比文学。10世纪左右成书的圣经外典《本司拉的知识》中记载，莉莉丝，Lilith，也作Lilit，名字来自希伯来文"Lailah"，意思是"夜"，因此占星学中用其指代"黑月"，是虚构中的地球的遥远卫星。她被指为《旧约》里亚当的第一个妻子，由上帝用泥土所造。因对性爱中男上女下体位的不满而离开伊甸园，从此开始引诱人类罪恶。她也被记载为撒旦的情人、法力高强的女巫，并教导该隐如何利用鲜血产生力量以供己用，因此与吸血鬼的起源有关。

⑥⑦ 关于图灵的母亲

图灵的母亲对图灵所做的工作和贡献是模糊的，她是一位虔诚的教徒，曾在图灵小时候试图引导其入教，但图灵拒绝了（即前文提到的图灵5岁时便不再相信上帝的典故）。图灵自杀后，母亲一直认为那是图灵在化学实验中的失误导致的，但她似乎知道图灵的成就是伟大的，将图灵留下的东西都保留下来，而且写了一个关于图灵的小册子。这首先是一种爱意，其次或许带着像马克斯对卡夫卡遗嘱的背叛中所含有那种情绪，通过误读，感受到某种美的东西。

⑧ 关于图灵对化学、生物学的研究

除了对数学和计算机科学的贡献，图灵在其他领域的好奇心亦非常浓重，这种好奇与生俱来。图灵传记中说他小时候便喜欢观察冰球场场边的雏菊生长。中学期间，他开始阅读爱因斯坦的相对论和哥本哈根学派的量子力学著作，大学期间最早的研究领域也包括数论和量子力学。

1952年图灵发表了一篇重要文章《形态发生的化学原理》，文章试图通过一种数学模型解释生物现象的发生机理，他研究了奶牛的花纹，认为诸如斑点、斑块、花纹、螺旋等图像表现在生物体性状上的不同，是由化学物质浓度不均造成的。而导致这种不均产生的物质应是对立的具有"催化剂"和"抑制剂"的一组物质，图灵称其为构形素。

图灵通过大量扩散实验验证了两种物质充分扩散可

以产生不同结果：

一、反应后均匀扩散，则整个系统平衡，不会产生图案。

二、反应后扩散不均衡，系统开始形成具有周期性特征的复杂图案。

图灵用一组方程式"反应—扩散方程"为模型阐述了这一现象，而在这种机制下形成的具有规律性的生物图形，也被称为"图灵结构"。2008年左右，伊利诺伊大学香槟分校物理学家奈杰尔·格登菲尔德开始发展"随机的基因表达噪音"形成的随机图灵结构，麻省理工学院的物理学家荣·韦斯领导了细菌图案实验。2012年即图灵诞辰100年时，伦敦大学国王学院杰里米·格林博士从老鼠上腭间隔皱褶中验证了图灵结构的有效性。

⑨图灵秘密接受不列颠帝国勋章

1946年，图灵因在二战中为破译英格玛密码的工作，获得"不列颠帝国勋章"，但因为当时二战刚刚结束，英格玛的破译工作还在保密阶段，这一嘉奖也是秘密进行的，直至图灵档案解密。丘吉尔认为图灵是在战争中贡献最巨大的人。

⑩四色猜想

四色猜想是图论中的一个重要问题，最早是1852年由一位名为格思里的英国绘图员提出，他在绘制英国地图时发现为地图上相邻区域着色，只需四种颜色就足够进行区分。这里规定任何两区域间如果有边界，其边界不能只是一个点，因为即便相同颜色图绘，也可对点边际区域进行区分。格思里将这一猜想告知他的弟弟古德里，古德里无法解决，将其转述给自己的导师奥古斯都·德·摩根，德·摩根即英格玛Ⅱ中主人公艾达·拜伦的老师，是一位非常重要的分析学、代数学、数学史及逻辑学专家，其对"运算"概念对象从算数到集合的拓展，为近世代数、布尔代数做出先驱工作。

德·摩根就此问题与天才数学家哈密顿进行探讨，使得该问题得以流传，并成为拓扑学中的重要难题，在数学界对此问题进行缓慢探索的一百年间，难倒了包括闵可夫斯基在内的诸多大数学家，但也启发了人们对"构形""可约"（由数学家、律师肯普提出）等概念的认识，运用这些拓扑学的新方法，人们将四色问题涉及的构形进行分类，但其类型过于庞大，成为对人类运算能力的考验。

直至1950年代，随着计算机科学的兴起，使人们看到运用新技术解决复杂运算的希望，数学家希奇与其学生丢莱开始尝试通过计算机验证各种类型的图形。1976年6月，美国伊利诺斯大学的哈肯与阿佩尔用逻辑推演的方式将四色问题化归为1936种类型，并编写程序，通过两台不同的电子计算机，花费1200个小时，作了100亿次判断，终于完成了四色定理的证明。

这一事件也引发了人们对于机器证明（即形式证明）的思考，即通过计算机从问题的初步逻辑开始推演，同时负责对逻辑推演的计算量庞大的验证？这是从莱布尼茨到希尔伯特一代代大师的梦想，也是对代数运算和几何证明的一种关联性的假设。

例如欧几里得《几何原本》中曾有一篇关于"驴桥定理"的命题，证明等腰三角形 ABC 两底角∠B 与∠C 相等。一般证明方式是做底边 BC 的中垂线为辅助线。但公元 300 年几何学家帕普斯发现一种无辅助线的证明，他通过证明三角形 ABC 与三角形 ACB 全等，证明∠B=∠C。而后，IBM 的赫伯特·吉伦特设计的一个程序曾"自主"地"发现"了这一证明，于是这是否代表程序的独创性，证明归功于工程师还是计算机，都成为了讨论话题。

2005 年，四色猜想也迎来了相似的问题，微软研究院的乔治·贡蒂尔团队通过计算机完成了四色猜想包括最底层逻辑在内的形式化证明的全部过程，这与 1976 年计算机作为辅助验证的过程意义完全不同。

事实上，今天我们可以说已经了解了形式化数学的基础，从罗素与怀特海的《数学原理》，到 ZFC 公理体系和皮亚诺算数体系的建立，形式化逻辑在不涉及更多哲学概念的层面上是可以实现的。但计算机是否能够触及我们所谓的证明的"灵感"或"直觉"部分，能否实现对于无经验可循的数学问题的思考呢？这个界限如果存在，是基于人与计算机的何种区别？对于我们恐怕将是一个漫长的过程。冯·诺依曼在对计算机与人脑计算能力的数量级分析上，得出重要的结论，它们的差距是 10^{12} 之大，如果这是问题的根本，似乎也预示着它是技术可解决的壁垒，只是时间问题，但这目前来看却是不确定的。

本剧此处引用四色猜想的内容，正因它是人类历史上第一次用到计算机解决问题。当时有人评论"好的数学证明像诗，而这则证明则像电话簿"，无疑道出了某种类似"灵感"与"匠心"的区别，而这正是本剧所探讨的一项重要内容。

⑪ 深蓝击败象棋大师

深蓝是由IBM开发的国际象棋计算机，重1270公斤，有32个微处理器，每秒钟可以运行计算2亿步。1996年2月，深蓝与世界冠军卡斯帕罗夫进行第一场比赛，并以2∶4败北。次年5月，深蓝经过升级再次挑战卡斯帕罗夫，并以3.5∶2.5赢得比赛，成为首个在国际象棋比赛中打败人类世界冠军的计算机系统。但随后，卡斯帕罗夫认为比赛中深蓝表现了"深厚的智慧和创造力"，怀疑存在人为干预，并指责IBM作弊，要求重赛，但IBM拒绝并拆除了深蓝计算机。

⑫ 黎曼猜想

黎曼猜想有漫长的历史，在人类对它的跋涉过程中也获得了许多对深刻数学结构的启发，但至今仍未获得解决。数学与理论物理学家戴森曾在其数学随笔《飞鸟与青蛙》中提到，黎曼猜想的解决很可能与拟晶体的行为有关。

拟晶体是一种能够构建物理结构的数学结构，如果黎曼猜想正确，根据定义，ζ 函数零点就会形成一个一维拟晶体，它们在一条直线上构成了点质量的一个分布。曼宁因此推测，假如努力获得一维拟晶体的一个全数调查和分类，并从中寻找一个与黎曼 ζ 函数性质相对应的拟晶体，这样就可以证明猜想是否正确了，当然，这个工程也是非常复杂和庞大的。

黎曼ζ函数在数论、动力系统、几何学、函数论和物理学中普遍存在，对黎曼猜想的证明将阐明所有这些关联，曼宁认为这是一个高屋建瓴的问题。下文中，罗素的朋友数学家哈代的故事也与此相关。美籍华人科普作家卢昌海先生写过一本《黎曼猜想漫谈》专门介绍了这个猜想的历史和进展，其中提到数学家哈代的故事，他与哈纳德·波尔（即量子力学创始人尼尔斯·波尔的弟弟，是一位数学家）是很好的朋友，有一次哈代乘船遭遇风暴，无神论者哈代便发电报给波尔说自己证明了黎曼猜想，他认为如果自己不幸遇难，人们便只好相信他真的完成了证明，但上帝绝不会将这一殊遇降在他身上，所以他一定不会遇难。而数学史上还有一则有趣的"悬案"，便是费马在一本书角落上写下"我找到了一个绝妙证明，但地方太小写不下了"，他所说的正是费马大定理。当然，后来真正证明了费马大定理的怀尔斯说，那不可能是真的，因为证明过程极其复杂，用到了现代数学中许多高深知识。本剧是一篇幻想性的文学作品，因此，将这一问题放入剧中，并设定了 AI 将其解决的背景，当然拙作的读者朋友中如有人会对此产生兴趣甚或致力于其研究则与有荣焉。

⑬ 可计算问题

对于可计算问题的定义是一个漫长的历程。希尔伯特将机械计算作为希尔伯特纲领的核心（参看注释⑯哥德尔），即通过形式化方式证明数学的全部真理，也就是通过机械计算达成对所有数学问题的求解和证明。

希尔伯特纲领发表14年后，1936年，图灵完成了其图灵机模型的设计，图灵用它模拟人通过纸笔进行数学运算的过程。其基本动作分为两部分：

一、在纸上写上或擦出某个符号；

二、从纸上的一个符号移动到另一个符号；

每个部分完成后，人的下一个动作依赖于：

一、当前所关注的纸上的某个符号；

二、当前思维的状态。

为了模拟人的这种运算过程，图灵构造出了一台假想的机器，该机器由以下几个部分组成：

1. 一条无限长的纸带，纸带被划分为一个接一个的格子，每个格子上包含一个来自有限字母表的符号，字母表中有一个特殊的符号，就是一个空格，它表示空白。纸带上的格子从左到右依次被编号为0，1，2……，右端无限延伸。

2. 一个读写头，可以在纸带上左右移动，它能读出当前所指的格子上的符号，并能写入当前格子上的符号。

3. 一套控制规则，它根据当前机器所处的状态以及当前读写头所指的格子上的符号来确定读写头下一步的动作，并改变状态寄存器的值，令机器进入一个新的状态。

4. 一个状态寄存器，用来保存图灵机当前所处的状态。图灵机的所有可能的状态的数目是有限的，并且有一个特殊的状态，成为"停机状态"。

它的运行可以通过一套简单的语句，表达成与人的相似的过程：在当前状态 A 的作用下，读写头（运算者注意力）对应着纸带上的符号 x，则（根据状态 A 的规则）对此格子写入 y，并将纸带进行左移或右移或不动的操作，接着根据控制规则，使机器进入状态 B。

图灵在对图灵机形式化的过程中，所有参数都通过一个七元集合表示：

{Q，Σ，Γ，δ，q0，qaccept，qreject}

Q 是状态集合，其中有一个特殊状态即停机状态。

Σ 是输入字母表，其中不包含特殊的空白符 □；Γ 是带字母表，包含空格字符和输入字母表 Σ。

δ：Q × Γ → Q' × Γ' × {L,R} 是图灵机的转移函数，它表示在 Q 状态下，读写头读入 Γ，则写入 Γ'，读写头左移 L 或右移 R 一个格，转入状态 Q'。

q0 属于 Q 是起始状态，qaccept 是接受状态，qreject 是拒绝状态，且 qreject ≠ qaccept。

对于接受态和拒绝态有不同的理解，但无关紧要。图灵机的核心在于转移函数，理论上它强大到可以表示任何给定的函数，并通过这些函数构造出相应的物理机器，只要它是有限的。通过图灵机的设计，图灵定义了可计算问题即可以通过图灵机进行运算的问题。显然，这便是希尔伯特纲领的要点，但很快，图灵发现是否所有的运算都可以使机器回到停机状态呢？这便是停机问题，图灵证明了它的否定结论，从而也宣告了希尔伯特纲领的梦碎。

⑭丘奇

（参考注释㉗兰姆达函数）数学家和哲学家，图灵因验证了图灵机与丘奇的兰姆达演算间的等价性，1936年赴普林斯顿随丘奇读博。

⑮波斯特

波斯特是数理逻辑史上重要的天才，1897年他生于波兰北部奥古斯图夫的一个犹太人家庭，当时此地属于苏维埃联邦。7岁时举家迁往纽约城，此时他对天文学兴趣浓厚，但12岁时却因车祸失去左臂，这使他无法成为天文学家，他选择转向学习数学。1917年波斯特从纽约市立大学毕业，获得数学学士学位。1954年，因抑郁症治疗中的心脏电击而去世。

1921年，通过对罗素、怀特海《数学原理》的研究，波斯特证明了命题演算的一致性。从此开始对数理逻辑深入的研究。他认为：逻辑体系，不过是由一些符号、变量、起始符号串（公理）以及将这些符号串不断改写的规则（推理规则）。它们没有意义，但可以承载任何意义。通过对它们的研究，即使我们完全不知道某个逻辑体系的意义，也能通过对这些符号以及变换的研究，来得到关于这个逻辑体系的一些结论，比如它的一致性（是否存在一些不能写出的符号串），还有它的完备性（是否存在一个符号串，将它添加到起始符号串中就能改写出所有符号串）。只要研究这种完全形式化的符号系统，就能得出关于最广泛、最一般的逻辑体系的结论，无论它们的意义是什么。

于是波斯特认为包括《数学原理》在内的逻辑系统都可以通过更简单的规范化形式表达，即正则形式，它是对逻辑系统剔除意义后的符号串的规则进行的规则化，它与元胞自动机的生成模式是相同的。都是通过简单的符号和规则，作用于任何一种初始条件中，都可以演化为各种复杂的符号串出来。

对于这个结论，波斯特提出了一个猜想，包括两点：一切能用一个本质上有限的系统生成的符号串组成的集合，必定可以用一个正则形式体系生成；对于任意的正则形式体系 T 与符号串 S，我们都能在有限时间内知道 T 能否写出 S。这被称为"波斯特论题"。

通过直觉和分析，波斯特认为论题的第二点是错的，即存在某个正则形式体系 T 与符号串 S，我们无法在有限时间内证明 T 能否写出 S，即 T 可以产生某些东西，我们不可能知道它是不是 T 产生的。这个结论与哥德尔不完备定理如此相近，而其实是在哥德尔之前 10 年便已完成，只是直到 1943 年，波斯特才得以在极省略的篇幅下将其发表。

原因在于波斯特经历了漫长的抑郁症折磨，每天只被允许接触三个小时的数学，直至十年后病症好转。但即便如此，他还独立捣出了与图灵机构造相似的波斯特机以及波斯特格的数学结构。1944 年，波斯特重回数学前沿领域，提出了可计算问题中的"中间层级"问题，即通过不同的规约方式，存在无穷个难度不同的问题在可见算问题和停机问题之间。这一发现使他重新获得了一位数理逻辑学家应有的认可。

而正是因为可计算问题和图灵停机问题与数理逻辑问题的可判定性与不可判定性的等价，使得波斯特问题与当时丘奇的弟子克林所做的研究不谋而合，克林证明可转化为自然数集运算的逻辑命题组成了一个无限绵延的层级，阶数越高，命题能定义的自然数集也越多，表达能力也越强，所以层级之间存在严格的包含关系。

　　这一发现与康托尔对无穷集合性质的发现一脉相承，而波斯特最终也重蹈康托尔的覆辙，种种焦虑使其陷入到严重的精神疾病之中。1954年他被带到了纽约的一家精神病院接受电休克疗法，以电击心脏的方式进行，4月21日，波斯特接受电击后不停抽搐，最终，那颗在对无穷这一界限的跋涉中满怀激情的心脏停止了跳动。

⑯哥德尔

　　20世纪最重要的数学家、逻辑学家和哲学家之一，因哥德尔不完备定理而享誉世界。爱因斯坦曾说，他自己的工作本身对他来说已不再是那么重要了，他去（普林斯顿）研究院，只是为了能享有同哥德尔一同步行回家的特权。冯·诺依曼说，哥德尔的贡献已经超越了纪念碑，他本身就是一座纪念碑。卡尔纳普说，哥德尔是两千年来唯一可以说"亚里士多德和我"的人。

　　哥德尔不完备定理分为两条。

　　第一条定理指出：任何一个数学形式化理论中，只要它强到足以蕴涵皮亚诺算术公理，就可以在其中构造在体系中既不能证明也不能否证的命题。

　　第二条定理指出：任何相容的形式体系不能用于证

明它本身的相容性。

数学的相容性表现在"真"和"可证明"两个性质上，通俗来说，哥德尔两条不完备定理可以理解为：我们不能通过一个可以转化为自然数算术问题的逻辑系统，使其既不存在自相矛盾，又可以证明其中全部命题的真假。也就是说如果它不存在矛盾，便一定会有一些真命题我们无法证明。

哥德尔不完备定理证明的核心如同康托尔对角线证法所揭示的自我指涉问题。哥德尔证明的核心内容可分为两部分。第一部分，是为元数学命题进行赋值转化为数论问题，第二部分是利用自我指涉，证明系统中存在矛盾和不完备性。

其要义在于哥德尔配数法的发现和使用，这一思想其实早在1666年莱布尼茨的《论组合的艺术》中便有尝试，莱布尼茨曾设想为每个原始概念配以素数，从而多个概念组成的任何概念就可以通过素数的乘积进行表示，但没有完成。当时莱布尼茨认为这种原始概念的个数很少，后来证明是错误的，而仅仅用合取即一个命题"并且"另一个命题这样的方式来进行概念联合是无法胜任的。

哥德尔的目标同样是将元数学的问题转换为算术问题，他描述了一种形式演算系统PM，是《数学原理》（Principia Mathematia）演算系统的改写版。事实上，哥德尔不完备定理是对算数系统进行的证明，所以任何能够表达算数加法和乘法的系统都可以用来完成该证明。

哥德尔先将所有的PM系统的字符，包括符号、命题、定理都转化成自然数表达。哥德尔设计了一套配数方法，对其进行配数。

该系统中，属于基本词汇的原始符号分两类：固定符号和变量。

固定符号假定有12个：

非符号～；或符号 ∨；如果……那么……符号∪；等于号＝；零0；乘号×；加＋；3个标点符号：左括号（，右括号），逗号，；存在符号∃；后继符号s。

s后面跟数字，用来表达加法，如公式0+s0=s0，s0+s0=ss0，它有效地表示了自然数加法；例如～（0＝s0），～～（0＝0），～（ss0＋ss0＝sss0）这三者都为真。

这些固定符号先分别配以1~12这些数字。

哥德尔通过"对应引理"证明了"一个原始递归的真理，当用形式演算的符号将其编码为符号串时，成为一条定理；且在一个接一个的基础上，形式符号配得上其约定的解释"。

除了固定符号外，PM系统中有三种变量：数字变量"x""y""z"等，可用来表达代入的数字（如"ss0"）或数字表达式（"$x + y$"）；命题变量"p""q""r"等，可用公式（命题）代入；以及谓词变量"P""Q""R"等，可用谓词"是素数""大于"等代入。

这些变量按照以下规则被赋予哥德尔数：

（1）对每一个不同的数字变量都赋予一个大于 12 的不同素数；

（2）对每一个不同的命题变量都赋予一个大于 12 的素数的平方；

（3）对每一个不同的谓词变量都赋予一个大于 12 的素数的立方。

通过这种赋值，便可以将一个由符号生成的序列表达成数字的序列，而对于 PM 系统，所有的公式都是通过符号生成的，这样，系统内部的所有定理和推论都可以对应一个数字序列，哥德尔用哥德尔数生成法将数字序列转换成为数字：

将这一数字序列作为指数分别加到素数表从小到大依次排列的素数上，再对产生的新序列进行乘法运算，根据素数的基本性质，两个没有相同素因子的数必然互素，任何一个自然数如果本身不是素数，必然可以分解成唯一的一串素数的乘积。所以，固定符号和变量符号的哥德尔数必然是互素的，而每一个可以用以上符号组成的序列，也都对应唯一的哥德尔数；并且任何一个哥德尔数都可以唯一地拆解成一套字符序列，对应唯一的 PM 系统表达式。

至此，哥德尔配数法便可以将系统进行完全表达，即元数学问题映射到整数数论问题的完成。下面，哥德尔开始他对于数学不完备性的证明。

首先，哥德尔构造出一个公式：Dem（x，z），它表示"哥德尔数为 x 的公式序列是哥德尔数为 z 的公式的一个证明"。无论其是否正确，它都可以反映到一个哥德尔数中，它对应着一个 Dem（sss……ss0，sss……ss0），其中 x、z 两项都可以用适当长度的 s 表示。而通过哥德尔"对应引理"，只要 Dem（x，z）为真，则 Dem（sss……ss0，sss……ss0）为其映射到 PM 系统的一个定理，并且显而易见，式中第一串 s 个数为 x，第二串为 z。

然后，哥德尔构造一个特定的式子：$(\exists x)(x = sy)$，它表示对于任意一个数 y，都会存在 x 是它的一个直接后继，根据自然数性质，显然为真，而将该式展开后对应一个 10 个数字序列相乘而得的极大的哥德尔数，这个数不必算出，但一定存在，所以可用 m 表示。其中变量 y 对应的哥德尔数是 17。然后用这个哥德尔数 m 替换掉 y 得到一个公式，$(\exists x)(x = sss\cdots\cdots ss0)$，式中自然包含 $(m+1)$ 个 s，因为它表示 m 的一个直接后继。而这个公式又会对应一个极大的新的哥德尔数。显然，这个新哥德尔数的生成过程表达了这样的意义：在一个哥德尔数为 m 的公式中，用 m 替换 17 得到的新公式对应的哥德尔数，这个哥德尔数可以用 sub $(x, 17, x)$ 表示，其中 x 表示原来公式的哥德尔数。而根据对应引理，这个数可以对应到 PM 系统中的一个表达式，用 Sub $(x, 17, x)$ 表示。注意，这里分别用小写 sub 和大写 Sub 来区分一个哥德尔数和一个 PM 系统表达式。

而 Sub $(y, 17, y)$ 是 PM 系统的一个表达式，它具有这样的性质：如果 y 表示一个变量，那么它就不代表一个特定的数，而是一个含有变量 y 的 PM 系统字符串；如果 y 确定下一个值，它就可以表达一个特定的数，进而，它有可能对应到一个 PM 系统的一个公式。这个公式如果含有变量 y，即其哥德尔数中包含 y 对应的素因子，代入 y 的值，就会得到另一个公式，其哥德尔数为 sub $(y, 17, y)$。如果公式不含有变量 y，那么公式不变，所得的即原公式的哥德尔数。如果 sub $(y, 17, y)$ 这个数字本身不是一个哥德尔数，它就不能映射到一个PM系统的公式（例如数100，其素数分解结果为$2^2 \cdot 5^2$，它大于12，所以不是固定符号；它不是大于12的素数的平方数和立方数，所以不是变量；它不是素数表连续素数的幂乘积，所以不是哥德尔数），那么不对其做定义。

完成这些构造定义的准备后，哥德尔开始进入类似说谎者悖论的一个证明思路之中，它的核心是：对于一个命题，当可以证明它真的情况下，可以证明它假，这便破坏了证明系统的一致性，即它存在一些命题前后矛盾。对于一个命题，当可以证明它的情况下，无法证明它，这破坏了证明系统的完备性，即它存在一些真的命题无法证明。

哥德尔首先构造了一个存在性判断，$(\exists x)\,\mathrm{Dem}\,(x, z)$，它表示存在一个公式序列，其哥德尔数为$x$，它构成对哥德尔数为$z$的公式的证明，即表示哥德尔数为$z$的公式是可证的。再构造其否定，$\sim (\exists x)\,\mathrm{Dem}\,(x, z)$，显然它表示$z$是不可证的。

进而构造：$\sim (\exists x)\,\mathrm{Dem}\,(x,\,\mathrm{Sub}\,(y, 17, y))$，它表示哥德尔数为$\mathrm{sub}\,(y, 17, y)$的公式不可证明。这个公式是属于PM的，所以会对应一个极大的哥德尔数n。用n对y进行替换，得到公式：$\sim (\exists x)\,\mathrm{Dem}\,(x,\,\mathrm{Sub}\,(n, 17, n))$，这个新公式用G表示。G是属于PM的，因此它对应一个哥德尔数g，根据Sub表达式的性质，g这个数字正是$\mathrm{sub}\,(n, 17, n)$。而G所表达的含义正是哥德尔数为g的公式是不可证明的，这就表明可以在PM系统中构建公式G，它断言其自身不是PM的定理。

至此，"如果G定理是存在的，那么它是不存在的"便已证毕。然而根据G的定义，G表示不存在G，这样，自然地陷入到说谎者悖论的怪圈之中：如果G是对的，G便是不存在的，而只有G存在的前提下，G才可能是对的，因此，G自己证明了G的错误。因此，如果PM是一致的，即它不存在相互矛盾的判定，那么PM就不是完备的。至此，哥德尔的不完备定理便诞生了，它作为一个如此强大的结论影响深远，直接引发了第三次数学危机。

1900年，希尔伯特在巴黎第二届国际数学大会上提出23个世纪问题，第二个问题便是算术公理的相容性问题。

1917年，希尔伯特在苏黎世数学学会提出了数学体系公理化的主张。

1922年，希尔伯特在汉堡的数学会议上提出《希尔伯特纲要》：

数学可完全形式化；

所有数学知识均可由有穷的公理系统推导；

证明系统应该实现独立性、一致性、完备性；

系统内的命题可以被判定出真假。

希尔伯特希望通过《希尔伯特纲要》，实现对数学陈述的机械化判定，这被称为可判定性。

希尔伯特1930年退休时，以"我们必须知道，我们终将知道"的豪言宣示着理性主义的宏伟未来，而次年，哥德尔《论〈数学原理〉及其相关系统的形式不可判定命题（Ⅰ）》发表，这便是哥德尔不完备定理，虽然它指向罗素与怀特海的《数学原理》，但《数学原理》正是对希尔伯特形式化数学之梦的实践。希尔伯特最终看到了哥德尔证明，他起初震惊，之后不得不承认它是正确的。形式化数学体系之梦至此破碎。

当然，哥德尔不完备定理所适用的范畴完全在可形式化的数理逻辑领域，但哥德尔本身也偶尔在尝试它在数学之外的应用，其弟子王浩在《逻辑之旅》中记载哥德尔曾将其运用在政治学中，认为我们无法解决社会学中的所有的问题。哥德尔和那些在数理逻辑史中触摸无穷的天才们一样，其个人历史充满了悲剧色彩，晚年患有严重的精神疾病，深受迫害妄想症折磨，只吃夫人和弟子王浩送来的食物，最终因严重厌食症去世，冥冥之中迎合了叔本华所言，最好的自杀方式便是将自己饿死。

这大概与哥德尔本身的柏拉图主义者思想相关，其弟子王浩在《逻辑之旅》中对他与维特根斯坦哲学通过可视化方式进行比较：将他们各自涉及的概念和理念进行整理，根据二者对概念的确定性强弱，从右向左排布，这样，很直观地看到了二者的交集和冲突，其实，这也代表着两种不同的哲学方式，柏拉图式的理念主义和黑格尔式的具体主义。因此，不难想象哥德尔非常认同图灵的发现，他说：人脑足以解释所有的心智现象，它在图灵的意义上就是一台机器；人脑进行数学思维的部分，其物质结构和生理功能不外是如此这般。

哥德尔关于不完备定理的证明工作可以说是结构性的，但对于真理的执着，使他似乎依旧试图建立一种结构，使得所有复杂的问题都可以通过简洁的原理和构架获得解答。很长时间，哥德尔开始关注人类是否可以通过形式逻辑之外的方式获得那些"隐藏"的真理，这使他开始关注现象学、唯心主义和先验性问题，晚年他与爱因斯坦交往甚密，甚至在研究了爱因斯坦的广义相对论后，通过改变参数的方式，得到"逆因果律"和时间呈现闭环的宇宙的可能性。也许那就是哥德尔的时间世界，他可以永远去触摸人类理性的界限。而他晚期对于"心与脑"二分法的关注，也正是《英格玛Ⅱ》剧中的核心思想。

⑰ 逻辑哲学论

维特根斯坦的《逻辑哲学论》以格言形式写成，它可以分为两部分，一是对于数理逻辑的阐述整理，二是对逻辑实证主义和形而上学交界地域的探索。前者是理性的，后者是直觉的，通过前者的逻辑判断，可以得到属于后者的那部分（不可从中获得真理和知识的）东西。但其实这也有些形而上学的意味，虽然，他通过逻辑的方式，将概念放入命题中进行考察判定，从而将形而上学剔除出哲学范畴。但被剔的这部分可能也包含对人的思想活动的某种描述，它可能是美学的、神学的、艺术的，只是无法形成逻辑化的形式而已。所以虽然维特根斯坦认为，形而上学的错误在于试图说这些不可说的东西，但也承认了它的存在，并且它超过了逻辑表达的范畴或能力之外。

早期维特根斯坦的实证主义理论基础建立在逻辑原子论的构架之上，其世界观是世界由事实构成，这些事实其实是逻辑的判定，维特根斯坦认为，任何事物所指的都是其表达，即一个命题，只有当它能够表示为真或者假的时候，才具有意义。而这些事实，是由原子事实构成，但所有的原子事实都呈现出意义时，对世界的表达就是完整的。维特根斯坦认为原子事实具有不可再分性、独立性、相容性，它们不能继续分解成更小的事实，无法由其他原子事实推导，但彼此并不矛盾。

但原子命题可以进入人的思想，人对世界的认知遵从这样的途径完成：思想中存在的逻辑图像，它可以与现实的现象进行对照，逻辑图像通过命题形式对世界进行描述，命题形式存在真假，真即图像与事实的对应是可形成的，反之亦然。只是原子命题只表达事实，它虽然通过逻辑表达命题的真假，但并不表达因果律，所以，它不能推测出任何事实。并且因为总有一些事实在逻辑之外，所以不可能说清所有的事实。

维特根斯坦通过这种方式对哲学问题进行了梳理、划分及剔除，他通过对语言的逻辑分析，进行了对哲学的重新定义和划分，哲学之外的部分是神秘的，哲学之中的部分，如果不是对语言的乱用导致的语义的错误，便是可以规约为逻辑的，进而是可以说清的，因此其主旨是：凡是可说的，都能说清，对于不可说的，要保持沉默。

显然，这种结论的得出是靠对语言的分析和一定的直觉，而不是像哥德尔那样通过数学的证明，但某种意义上呼应了日后哥德尔的不完备定理。但无疑，维特根斯坦与哥德尔是两种思想家，前者认为那部分神秘是无论如何无法说清的，后者则认为，即便一些真理无法彰显，但只是对于我们理解的过程无法实现形式化，它并不是说我们不能去理解。哥德尔相信建立在知识上的灵感。对比于哥德尔，维特根斯坦其实是在消解一种绝望，或者说划定了某种界限，让自己不再去试图回答一些终极性的问题，这些问题显然是逻辑无法触摸的。

同时维特根斯坦对建立于等号上的数学能否说出真理也是持否定态度的，他否定了先验知识的产生和产物，当然，这一观点又涉及元问题，并且维特根斯坦似乎并不愿承担。但维特根斯坦在表述中，仅仅认为这个问题也是无意义的。维特根斯坦此书用格言方式写作，极像圣经中的圣训，又像其中的诗歌，今日看来，它也像一种电脑程序，通过合理的逻辑推导，完成对世界进行逻辑性认知和定义的任务。

⑱乔治·布尔

数理逻辑史上极为重要的大师之一，是布尔代数的创立者，为逻辑问题到代数问题的转化做出了基础。布尔1815年11月2日生于英格兰林肯镇的一个贫穷的皮匠家庭，是四个孩子中的老大，布尔对于科学的热衷其实源自于他父亲的熏陶，他的父亲虽出身低微，却充满对科学仪器的好奇。布尔没有受过良好的正规教育，他自学成才，十几岁便离家闯荡，曾做过牧师，但质疑宗教。他与数学的不解之缘源自于在非专业的技工学院做义工的经历，这期间他读到了莱布尼茨的著作，并在《剑桥数学杂志》和《皇家学会哲学会刊》发表文章，其间，他产生了将逻辑关系进行代数表达的灵感。而这一思想便在1854年凝结成《思维规律的研究》，其中最重要部分便是布尔代数。

基础的布尔代数即我们中学数学的逻辑运算，它建立在集合（类）论的基础上，包括集合间的属于、包含、大于、小于、交集、并集等关系，布尔代数真值只有0和1。0为假，亦表示空集；1为真，亦表示全集。∧符号表示与运算，∨表示或运算，¬表示非运算。

例如A、B表示两个集合。布尔用AB表示集合的交集，用A+B表示集合的并集。比如任何集合与空集ø的交集都为空集，因此øA=ø，或A∧ø=ø，任何集合与空集的并集都为原集合，因此A+ø=A，或A∨ø=A。

布尔代数第一次将逻辑运算实现了形式化，这也启发了弗雷格和之后的数学家们对逻辑系统形式化的上下求索。1864年，布尔死于肺炎，为了纪念他的先驱性贡献，今日一些计算机语言仍将逻辑运算称为布尔运算，将其结果称为布尔值。而他的另一贡献在于，他生下了著名女作家，《牛虻》的作者艾捷尔·丽莲·伏尼契。

⑲康托尔

康托尔即对角线证法（参考上文注释④关于集合）的最初发现者，重要的数学与逻辑学大师，但他的证明在当时的数学界得到的不公的待遇，直至希尔伯特认识到其重要性，称其"是人类纯粹智力活动的最高成就之一"，"没有人可以把我们从康托尔构建的花园中驱逐"。

然而康托尔的发现是超前的，康托尔对自己证明的无穷集存在大小的结论感到震惊"我看到了，却不敢相信",它似乎在为人类划定一条理智的界限。

除了对角线证法，康托尔还发明了三分点集的技巧，其思想可以理解为消除数轴中非正规数后，剩余的数仍可与正规数（即数中每个数字出现的概率都相等的数，实数连续统假设正是建立在正规数连续的基础上的）建立一一对应（比如将 n 进制中消除的数字 m，替换为 m-1，就可以构建 n-1 进制中的所有正规数）。因此，康托尔集的测度为 0，可通俗理解为有无限多的非正规数，但在所有实数的集合中，找出它们的概率是 0。这说明无穷是存在不同等级的，康托尔把自然数集和有理数集的无穷记为阿列夫 0，之后的实数集为阿列夫 1，并且存在无穷层级的无穷。

因为对无穷的探索，康托尔遭受诸多数学家的不解和反对，数学王子高斯甚至说："无穷是上帝的禁地，数学家不得触碰。"这使康托尔患上严重的精神疾病，郁郁而终。

⑳ 弗雷格

弗雷格是数理逻辑史上具有奠基性意义的一员，罗素及之后的石里克、卡尔纳普、维特根斯坦等人都深受其影响。1848 年，他生于德国小城维斯玛，父亲是一位神学家，担任一座女子中学的校长。1944 年，弗雷格在纳粹德军闪击巴黎的一次战斗中遇难，但其思想上曾倾向于反犹运动。

弗雷格对数理逻辑的进步起到了极大推动作用，他首次创立了一个逻辑演绎体系，将普通数学中的一切演绎推理都包含其中，并且开辟了用逻辑分析工具研究语言的先河。如今他定义的形式逻辑已成为数学、计算机科学和哲学的标准。

他在数理逻辑上的探索可以说终结于那封著名的与罗素的通讯，这封1902年的信件中罗素提到了罗素悖论问题，使他创立的体系受到了根本上的打击。弗雷格立即回信，并在即将出版的《算术的基础——对数概念的逻辑数学研究》第二版中加入补遗：在工作即将完成之时，发现大厦根基已经动摇，对一位科学工作者来说，没有比这更为不幸的了。正是波特兰·罗素的一封信使我陷入这一境地。因此后期的弗雷格也远离了数理逻辑领域，而是转向对几何学的探索。

㉑ 图灵测试

图灵测试由阿兰·图灵提出，检测机器是否有能力表现出人类的智慧行为。它首次提出于1950年的论文《计算机器与智能》，以"机器能思考吗"这一问题开宗明义。图灵认为，"思考"是一个极难定义的概念，于是他选择将其替换为另一问题，即"有无可能使机器成功完成模仿游戏？"他认为这是语义更明确的定义，并能够获得明确回答。

他设定了一个场景模型，作为测试者的人在不知道作为被测试者的机器真实身份的情况下，通过输入语言对被测试者随意提问，如果测试者不能通过提问判定被测试者的身份，那么这台机器就完成了模仿游戏，并被认为具有智能。

图灵在论文中对 2000 年的智能机器做了一个预测，拥有 100MB 存储系统的机器，将会使 30% 的测试者无法判定出人机差异，不过随着计算机技术的不断进步，这个预测可能很快就会被打破。

㉒ 英格玛机器的结构、加密能力及破解历程

1918 年，德国工程师阿瑟·谢尔比乌斯申请了一种使用转子的密码机的专利，并和理查德·里特组建了谢尔比乌斯和里特公司。他们向德国海军和外交部推销这种叫作英格玛的密码机，但是没有人对它感兴趣，因为它过于笨重。谢尔比乌斯将它进行了改进，生产出英格玛 B、C 型机，终于获得青睐，并在二战初期大量使用，这是一台简单的机器。

英格玛机器的主要结构是：

一、3 个转子（后来德国人使用 5 选 3 的方法加大了解密难度），每个转子包含 26 个位置，转子后面连接一个反射器装置。

二、一个接线板，可以通过插口选择将任意两个字母连接互换，这样的线路有 10 个。

三、一个输入键盘和一个显示器。

四、导线、电池等。

英格玛机器操作简便，首先记住机器的初始状态（即 3 个转子的准确排列顺序、位置以及插线板连接的插口，这些信息通过一张月密码本发送），然后输入明文，明文字母就会经过重重加密，经过显示屏亮灯提示显示出来，记录亮灯字母便是密文。解密是它的逆运算，使

用者先调整机器至相同的初始状态，敲入密文，根据显示屏幕亮灯提示记录，便会反转回明文。

英格玛机器的加密能力建立在多重加密的基础上。使用者每次输入字母时，3个转子会进行联动，这样可以产生 $26 \times 26 \times 26 = 17576$ 种可能的转换，3个转子的原始排列顺序可产生 $3 \times 2 \times 1 = 6$ 种可能的转换，5个转子选择3个则是 $5 \times 4 \times 3 = 60$ 种可能的转换。

字母表中26个字母通过10个接线板进行转换，可以产生阶乘级的可能性，除去6个没有转换的字母，除去连线形成的10种固定的字母对，除去字母间互换的一致性（ A $\to$ B 与 B $\to$ A 一致），得到的结果是：$26!/6!/10!/2^{10} = 150738274937250$。

将多重加密作用在一起的结果是：158962555217826360000 种可能性。

因为字母输入与转子联动的同步发生，导致每个字母都会被加密成不同的字母，同一字母第一次、第二次与第三次输入都会发生转变。因此，从密文中很难发现规律。德国人将机器的初始状态设置写在一张密码表上，而且使用水溶性材料，因此获得密码表极其不易。所以对英格玛机器的破解可谓困难重重。

波兰人首先开始了对英格玛的破解工作，他们研究了英格玛机器的结构，发现一个重要缺陷，即与转子相连接的反射器的使用。英格玛机器对每个字母的加密过程是这样的：字母A输入后，首先经过插线板的转换成为B，然后经过3个转子，成为C、D、E。然后，信息经过反射器装置，按照加密逆路径返回。

但是经过反射器之后的过程，却不是新的加密。因为转子之间的连线是固定的，所以在没有输入字母触发的时候，它们各齿轮间的相互位置也是固定的。因此，字母信息到达 E 后，经反射器只能到达与 E 相对的另一字母 E'，其他转子根据同样道理可知。因此，虽然信息经过了来回两个路径，但真正加密的只是反射器之前的路径。

反射器的使用初衷是为了方便解密过程。因为加密路径的固定化，使得一个字母 A 进入英格玛后生成密文 E，而输入 E 后，信息经过逆过程，必然返回到 A。这对于盟友阅读密码来说变得非常简单。

但反射器造成了一个缺陷，即任何字母经过加密后不可能回到它本身，因为 A 到达 E 的过程已经完成了实质上的加密。反射器只是将它转换到齿轮的不同位置，如果要求输出为 A 本身，显然反射器必须返回相同的线路，这与它的作用是相矛盾的。

波兰人看到这一缺陷后，1930 年代初，以波兰军情局密码处（他们称之为比尤罗·斯则夫罗密码局）为主力，开始研究密码破解，它由波兹南大学的研究生和波兰军事情报机构的成员，其中数学家马里安·雷耶夫斯基、杰尔兹·罗佐基和亨里克·佐加尔斯基起到了关键性作用，他们日后被称为密码学史上的"波兰三杰"。

雷耶夫斯基首先发现了英格玛机器的加密原理，并抽象出它的"字符替换"原则，英格玛机器每一步加密都与凯撒密文的原理是相同的，只是进行了多重加密，因此字母替换中总可以找出首尾相连的字母串。

例如，用（转子1）（转子2）（转子3）表示3个加密过程，明文A（转子1）（转子2）（转子3）得到密文B，但转子在每天的信息加密作业中都是不动的，因为转子状态的改变是以日为单位进行的。而转子上任意两个字母间的相对位置是固定，因此，（转子1）（转子2）（转子3）的过程形成的字母替换，对于每天之中的信息都具有相同的规律性。于是，经过对大量信息的筛选，完全可以推导出，明文X经过（转子1）作用后形成的密文O，Y经过（转子2）作用后形成的密文P，后者同理……

而对于插线板的影响，雷耶夫斯基抽象出字符替换的一个隐含性质。例如将字母表26个字母进行加密，明文A加密成B，B加密成C，……最终将会有一个字母X替换成A，这样便形成一个加密的循环，每个循环都有其长度，例如A经过（A—B—C—X—A）的路径加密，其长度便是4。进一步看，插线板对于字母的替换是固定的，比如插线板将A替换成F，那么F经过相同长度的循环也必将回到F。因此，插线板不会改变这一重要属性。

波兰人意识到，通过这一方式，只要先确定了密码的加密长度，通过与标准表的对比，排除加密长度错误的解密分析，便可以大大消除插线板的影响。波兰人用一年时间制作了转子可能出现的组合会形成的密码长度分类表，并设计制造出了英格玛机器的可用复制品，开始了对最早的英格玛机器的破解。先通过对密码长度的对照，得到可能的转子设置，然后进行暴力破解。当然，验证并不需穷尽所有可能，只要逐步形成一些对应便可以快速找出完整的对应，进而，可以得到英格玛机器插线板和转子的初始状态。

为了更加缩短密码破译的时间，雷耶夫斯基等人设计制造了炸弹机器Bomba，它由六台以英格玛机器为基础，辅以其他一些设备组成，能够通过暴力搜索的方法机械验证出英格玛机上所有转子的组合，使得波兰人可以在两个小时内找出密钥。

1933年1月到1939年9月期间，雷耶夫斯基等人破译了将近十万条来自德方的消息，令波兰掌握了大量德国的机密情报，直至德国闪击波兰。之后雷耶夫斯基、罗佐基和佐加尔斯基开始了颠沛流离的逃亡生涯，但在1939年7月25日，华沙召开的一次会议上，波兰政府已将雷耶夫斯基等人取得的突破性工作细节告知英国和法国的情报机构，这使得同盟国得以在波兰沦陷后继续对德国密码的研究和破译。

但随着战争的扩大和深入，德国人很快便给自己的密码机进行了强化。首先，他们增加了转子数目，原来的3个转子改成5选3模式的随机组合，而转子也不再规定每日位置，而是由发报员进行随机排列，发报过程中，操作者先将三个转子对应到A、B、C的位置，然后两次键入相同字母X、Y、Z作为密钥，得到一个六位序列，O、P、Q、R、S、T，这样便完成了对密钥的加密。转子初始位置A、B、C用明文发送，接收者看到信息，先将转子调至A、B、C位置，然后键入O、P、Q、R、S、T，得到X、Y、Z、X、Y、Z的序列，然后把机器调至X、Y、Z进行加密，而X、Y、Z并非提前设置的，而是发报员的随机选择，因此有些发报员为了方便，便将自己女友的名字作为密钥，这样时常会在破解的信息中看到相同的名字，这也为盟军破解提供了重要线索。

波兰沦陷之前的1939年7月，也就是德国闪击波兰的五周前，英国在布莱切利庄园的军情中心获得了波兰情报局送给他们的一台英格玛机器仿制品和一台炸弹机器Bomba，图灵开始研究这些装置，但英格玛机器结构上的强化和操作上的复杂化，使图灵意识到，如果沿用老式的Bomba进行破译一份德军情报，至少60台炸弹机器同时工作10小时，这对于刻不容缓的战争情势显然是不允许的。

英国人前赴后继，决定开始了自己的征途，很快，图灵发现从已经截获和破解的德国人密码中，总会存在一些固定字母组合，例如wetter（德语指天气），Heil Hitler（德语意为"希特勒万岁"）等。图灵获得灵感，因为英格玛机器的加密对于单个字母无法做到自反，字母加密后只能获得另一个字母。于是图灵想到了用明文与密文字母组一一对比的方式，排除掉明文与密文中存在对应位置字母相同的情况，这将大大降低解密难度。

利用这一原理，军情六局开始策划制造新的Bombe，即图灵炸弹机器Turing Bombe。根据上文讲述的英格玛机器的加密过程，英格玛机器接收到输入信号后，首先经过插线板，然后3个转子。图灵先根据明文与密文对比法，找到从明文A到密文G的可能情形，因为根据对比排除，已经减少了很多情形。然后分析英格玛机器线路结构，根据逆推法，假设G经过转子线路连通到B，B到

C，C到D，则D必须对应A，而这便是插线板造成的加密。于是，连接插线板A和D进行验证。然后相同的方法，可以找到插线板连接的可能情形。

但逆推法不一定是正确的，因此从A到D的结果，可能在G到B这一步便会产生矛盾，于是后面可能生成A到F的可能性。如果产生这种矛盾，便完全地推翻前面的结论，进行新的验证，自然，从调整转子的转数开始，假设G生成的是P。以此类推。

当然，即便如此，对海量的信息进行检验如果仅靠人工操作转子的话，也是不可能在一天内实现的，进而错过密码转换密钥的周期。所以，建造机器成为了当务之急，1939年底，第一台图灵炸弹原型机由英国制表机公司制造完成，主要用高速继电器构成，据说也用了80个电子管，有3个水平鼓装置，由光电阅读器直接读入密码，它长宽均为8英尺左右，能以每秒2000字符的速度阅读记录在穿孔纸带上的情报。图灵称这台机器为海斯·罗宾逊。罗宾逊是英国著名漫画家，以画一些稀奇古怪的机器而闻名。

而罗宾逊机器由图灵和戈登·韦尔奇共同建造。韦尔奇1906年出生，是一位作家、数学家和大学教授，1941年受丘吉尔征召，与国际象棋大师休·亚历山大、斯图亚特·米尔纳·巴利以及数学家阿兰·图灵一起成为布莱切利庄园一员，他以分析军事调动为专长，战后移居美国。

"图灵炸弹"迅速投入使用，可以在20分钟内检测转子全部可能的排布，于是，由英格玛机发送的所有德军情报对于盟军来说已经几近透明。1940年,"图灵炸弹"在德军发动的入侵英伦三岛的"海狮行动"中发挥了重要作用,9月15日总攻开始后,纳粹空军总司令戈林派出1100架飞机空袭伦敦,但还未飞出海峡便遇到英军截击,残酷的空战进行了整整一天,英军投入了只有德军三分之一的战机,带给德国空军毁灭性打击。两天后,希特勒只得决定无限期推迟"海狮行动",此战使英国军队一举扭转了败局。

对纳粹德国的密码战,是一场惊心动魄的暗战,它不见硝烟,却是与时间的搏斗。而这些破译它的英雄,很多却在战争中和战后保密工作中承受了与数理逻辑史上那些触摸无穷的人同样悲剧性的命运,许多甚至被遗忘,但他们的工作却挽救了成千上万的生命。

波兰沦陷后,雷耶夫斯基、罗佐基和佐加尔斯基带着他们的机器一同逃往罗马尼亚,而后穿越南斯拉夫和意大利的边界到达法国巴黎。在那里他们成立了Z小组,在法国维希的PC Bruno情报站继续进行英格玛的破译和对"炸弹机器"的改进,在此他们度过两年时光,其间,破译了9000余条德军情报,直接或间接导致了德军在南斯拉夫、希腊和苏联的惨败,有力地支持了盟军在北非开辟战场的作战计划。

1940年6月,德军绕过马奇诺防线入侵并占领法国,之后Z小组的处境越来越危险,他们决定逃离。1942年1月9日,罗佐基从阿尔及利亚乘"拉莫里切尔"号轮船返回法国,途中轮船在巴利阿里岛附近撞上水下不明物体(礁石或水雷),罗佐基和另外两名密码分析专家连同船上两百余名乘客一同遇难。

1942年11月9日，也就是盟军登陆北非的次日，雷耶夫斯基和佐加尔斯基开始继续流亡。1943年1月29日，他们在比利牛斯山脉试图穿越法国与西班牙边境时被西班牙安全警察逮捕，投入难民营，难民营的生活令雷耶夫斯基患上了风湿病。他们隐姓埋名，始终没有向其他人透露真实身份，同年5月，他们被释放，前往直布罗陀，随后乘船到达英国。英国方面知道他们在破译英格玛领域做出的巨大贡献，却有意将他们排除在外，让他们从事德军另外一种密码SS码的分析工作。

二战结束后，1946年，雷耶夫斯基返回波兰与妻子和两个孩子团聚。回国后他在波兹南大学担任行政工作（一说波兰的一家工厂），并对自己在战前和战时所作的工作保持沉默。1967年退休。20世纪70年代，英国政府将二战期间的密码破译工作解密。1974年，曾经在布莱切利公园工作过的温特伯坦姆上校写的《超级机密》一书出版，二战期间默默工作过的密码分析专家开始被公众广泛所知，直到这时，年近七旬的雷耶夫斯基才第一次得知他本人对英格玛机器的攻击方法是这场密码战争胜利的基石。

1978年佐加尔斯基在普利茅茨去世，1980年雷耶夫斯基在华沙去世，安葬在波兰的波瓦斯基公墓，享年75岁。2000年7月17日，波兰政府向雷耶夫斯基、罗佐基和佐加尔斯基追授波兰最高勋章。2001年4月21日，雷耶夫斯基、罗佐基和佐加尔斯基纪念基金在波兰华沙设立，基金会在华沙和伦敦设置了纪念波兰数学家的铭牌。

㉓ 私人语言

维特根斯坦在《哲学研究》中提出的私人语言的概念，"这种语言的词语指涉的是只有讲话人才能知道的东西，指涉其私有的直接的感觉，其他人无法理解这种语言"。私语可以通过一个悖论来通俗描述，就是维特根斯坦的盒子悖论。

维特根斯坦设置了这样一个场景："假设每个人都有一个装着某个东西的盒子，我们把这个东西称之为一只'甲虫'。谁也不能窥视任何其他人盒子里装着的东西，而且每个人都只是通过看到他自己的甲虫才知道甲虫是什么——此时完全可能每个人盒子里都装着一些不同的东西甚至还可以设想装着不断变化着的东西……盒子甚至可能是空的。"

在该场景下，要求人们对甲虫进行描述，但维特根斯坦认为，这种描述无法进入到"语言游戏"之中。因为某个人对甲虫的描述，以"盒子里的东西"为界限，无法向外传递。别人对于其描述的理解被限制在"盒子里的东西"这一层面。进而描述性的话语对描述者来说便成为一种私语，他只能自说自话。

密码在维特根斯坦理论中不能算作私语，因为它承载着原有的意义，但如果从高维度的视角看，人的语言其实不能做到有意义的传达，例如哥德尔曾发表过相同的看法，他认为人们通过语言相互理解是不可思议的。

㉔ 关于图灵和维特根斯坦

维特根斯坦得以结识图灵，并与图灵就一些元数学问题展开交锋，与维特根斯坦1939年在结束乡村教师生涯后重返剑桥期间的经历有关。而在支教那段时间，维特根斯坦与英年早逝的数学家、经济学家拉姆齐有长时间的交流，拉姆齐曾深受维特根斯坦影响。

回到剑桥，维特根斯坦正等待摩尔留下的教职，便以讲师身份开设了一门《数学基础》课程，从《维特根斯坦全集·数学讲义》（徐友渔译），可以看到维特根斯坦对数学的实在性的存在某种质疑。维特根斯坦认为图灵机是一种预设前提，即人对数学的运算行为是机械性的。显然，维特根斯坦与图灵对数学的理解存在许多差异。而当时罗素的朋友，数论专家哈代也曾对维特根斯坦的一些看法提出过批评，但维特根斯坦以哈达欠缺哲学知识作为回击。

其中一些细节值得注意，如维特根斯坦依旧认为数学的矛盾削弱了其意义，固然，他不可能在哥德尔不完备定理之后依旧对数学的完备性抱有执着，但却陷入了如同休莫怀疑论，认为数学的根本也是语言的怪圈。哥德尔后期非常看中先验的重要性，但维特根斯坦既已认同对于不可知的沉默，却向图灵提出诸如可理解为经验中没有出现错误的矛盾是否导致错误这样的问题。大概正如哥德尔所言，维特根斯坦似乎并未完全理解哥德尔的思想，哥德尔也曾对维特根斯坦思想表达过不以为然的态度。

但图灵只参与了维特根斯坦《数学基础》课程半个学期的讨论便离开，不过其中依旧有一些具有启发性的思想碰撞，譬如上文停机问题注释中提到的运算的时间

英格玛一·第一幕二
195

复杂度问题，该问题最终演化为 NP 完全性问题，王浩先生弟子斯蒂芬·库克因对此问题的研究获得图灵奖，该问题也是现代计算机科学最活跃和重要的研究领域，被列为千禧年七大数学问题之一。

㉕ 维特根斯坦家族

维特根斯坦家族最早建立其影响后世二百年之久的威望是在拿破仑时期，而后迅速发展，其产业遍及畜牧、纺织、钢铁、铁路、轮胎、金融、建筑等领域，被称为欧洲第六帝国。其影响力巨大，甚至对地缘政治、国际格局产生深远影响。希特勒上台后，因对犹太人的排斥和打击，维特根斯坦家族不得不向盖世太保支付巨额的保护费，十分之一左右的家族财富被卷入纳粹之手。

与财富相得益彰的是这个豪门望族在音乐、美术、诗歌、哲学等领域的影响。近代史上诸多我们耳熟能详的思想家、艺术家，都与该家族有着千丝万缕的联系，譬如弗洛伊德（精神分析学鼻祖）、里尔克（20世纪最重要的德语诗人之一）、穆齐尔（奥地利现代小说鼻祖，《没有个性的人》作者）、克里姆特（奥地利象征主义绘画大师，以独特的艳丽色彩征服了世界，曾为维特根斯坦的姐姐做讨一幅画像，但后者并不满意而被束之高阁）、理查德·施特劳斯（德国最后一位浪漫主义作曲大师）、勃拉姆斯（德国最后一位古典主义音乐大师，《德意志安魂曲》作者）、马勒（《大地》交响曲作者）等等，可谓举不胜举。当然，他们还贡献了20世纪最为重要的哲学家之一的路德维希·维特根斯坦。然而，维特根斯坦本人对其家族的描述，却是"自杀、疯癫和争吵"。

英国作家、音乐评论家亚历山大·沃在《维特根斯坦之家》中写道，这是"战争中的家族"。

与四代人中有5人自杀的海明威家族颇为相似，维特根斯坦家族也被遗传性抑郁症所困扰，大哲学家路德维希·维特根斯坦一代中有三位姊妹死于自杀。

贾曼的纪传体幻想电影《维特根斯坦》中，用路德维希·维特根斯坦的口吻说道：母亲沉迷于马勒的音乐，把孩子托付给保姆。

而其父亲卡尔发迹于钢铁产业，脾气暴躁，育有九子，但对其子女采取强权式的教育。

路德维希·维特根斯坦的三个哥哥鲁道夫、汉斯、库尔特都死于自杀。

鲁道夫曾公开自己的同性恋的倾向，最终吞服氰化钾而死。

同样具有同性恋倾向的汉斯，拥有天才的数学智慧，并被马勒的老师、维也纳音乐学院的教授爱泼斯坦称为音乐天才。因与父亲不和，20岁远走美国，下落不明，有人猜测是自杀。

1918年，库尔特在一战即将胜利时开枪自杀，他热爱艺术，擅长钢琴和大提琴，一战爆发后，他从美国回国参军，上战场前还与母亲演练了舒伯特四重奏。关于他的自杀，家族中的著名独臂钢琴家，保罗·维特根斯坦说："上级命令他将部队带入敌军密集火力中，他自知没有任何胜利可能便违抗了命令。随后，对军事审判的畏惧让他自寻短见。"

路德维希·维特根斯坦正是出生在这样一个带有病态的名门望族，身上似乎也带着家族基因中与生俱来的阴暗宿命。他有着含混的性取向，且终身被自杀倾向所困扰，他参加一战并表现奋勇，目的就是为了死在战场中。他将自己的财产"分给了哥哥姐姐，而不是穷人，他认为钱让人腐化堕落，既然哥哥姐姐们已经很有钱，他想，就不会被进一步腐化了"。

㉖ 维特根斯坦对图灵机的评价

图灵机思想模型最早是在图灵的论文《论数字计算在决断难题中的应用》中提出的，图灵机的设计理念在于它对人的运算活动的模拟，但人通过纸笔的运算只是计算的表象，人究竟是如何计算的呢？维特根斯坦认为图灵机是一种预设前提的设计，它先认定了人的计算遵从从一个数值到另一个数值，并根据不同的运算规则进行数值即算法的转换来完成的。显然，这是维特根斯坦的批判，但他并未给出建设意见。多年后，图灵完成了图灵测试的理论，维特根斯坦说，虽然他还没有读，但那显然会是个大发现。

㉗ 兰姆达函数

1930年，普林斯顿的教授丘奇提出了 λ 演算，这在图灵的《论可计算数及其在可判定性问题上的应用》（参考注释⑬可计算问题）论文发表之前。很快，图灵证明了 λ 演算与自己的图灵机模型等价，因此 λ 演算作为一种可以直接定义递归的算法，同样存在着自我指涉的矛盾。但它是一种抽象的数学形式模型，图灵机则是一个可以实际建造的机械运算工程。

丘奇通过 λ 演算定义了可计算问题，并证明了希尔伯特问题的否定性结论，这与图灵所做的工作多有重合。事实上，此时哥德尔也发展了一套递归函数与二人的成果是等价的，但哥德尔认为，图灵机比二者更像是一种机械模型。

λ 演算的数学形式简洁，但可将函数作为新的函数，实现非常复杂的运算。

对于一个未知变化量，我们用 x 表示，一种任何复杂的运算，用 y 表示，则（xy）可表示将 x 作用到函数 y 的结果，对于一个表达式 $f(x)$，也表示将 x 进行 f 运算。

λ 演算的表达式以 λ$x.f(x)$ 的形式出现，其中 x 是变元，$f(x)$ 是表达式，$f(x)$ 可以定义任何运算，λx 则是一个更高阶的函数，它可以调用 $f(x)$。

例如为表达式 λ$x.f(x)$ 的自由变量取值为 3，表示为 λ$x.f(x)$ 3（3 在这里是一个常函数），意思是将 3 作用于 x，然后调用 $f(x)$，所以 λ$x.f(x)$ 3=$f(3)$，此时可以定义 $f(x)$ 为任意函数，如取倒数函数，则 λ$x.f(x)$ 3=$f(3)$ =1/3。当然，λ 演算最重要的一点是其自由变量可以取值为任意合理构造的函数 x。

然后作为一种规则，丘奇必须定义其法则，λ 演算由三项法则构成：

一、α 重命名，通俗来讲就是自由变量 x 可以任意取其名称。

二、β 规约：（λ$x.M$）$f → β M [x←f]$

在这里，M［x←f］是 M（f）的严谨记法，表明了 λ 演算是将 x 替换为 f。

三、η 变换，即如果两个项对所有函数的作用都是相同的话，那么就认为这两个项相同。

这便是 λ 演算的全部内容，利用这些法则它可以定义各种复杂运算。而由于 λ 演算允许 λ 项作为新的 λ 项，一个重要的推导就是 λ 演算的不动点，它可以完成对某个函数的递归，所以它包含着自我指涉。而 λ 演算定义的函数，就是图灵机设定的算法，λ 项就像图灵机中无限长的纸带，它供读写头进行读写，然后根据算法进入新的运算，只是这种表示并没有算法程序与数据存储区的区分。因此丘奇用 λ 演算定义可计算问题的本质，即一个可以有效计算的问题，就是可以用 λ 演算表示的函数，这与图灵机以及哥德尔的递归函数殊途同归。

㉘ 巴贝奇和通用机器

查尔斯·巴贝奇即英格玛 II 中的主人公，他是一名数学家和发明家，在机械运算的历史中通过切实的对机械结构的研究和设计，来实现莱布尼茨理念的人。他生于一个富有的银行家的家庭，曾就读于剑桥大学三一学院，制作了首部差分机后，将余生用于对通用分析机器的探索之中，但生不逢时，以致郁郁而终。

㉙ 阿塔纳索夫

阿塔纳索夫和贝瑞一起设计了阿塔纳索夫 – 贝瑞计算机（简称 ABC 计算机），这台计算机设计于 1937 年，但与电子数字积分计算机（简称ENIAC）为代表的现代计算机的区别在于，它不包含储存、数据输入及输出等设备，因此不具有通用性，仅用于求解线性方程。该机器于1942年完成测试，后阿塔纳索夫因二战任务而离开爱荷华州立大学，使机器开发陷入停滞。但1973年10月19日，明尼苏达州一家地方法院经过135次开庭审理，当众宣判：莫齐利和埃克特利用了阿塔纳索夫发明中的构思，而他们正是ENIAC的设计者。阿塔纳索夫于1995年中风去世，其合作者贝瑞于1963年自杀身亡。

㉚ACE自动计算机

Pilot Model of Auto Computing Engine 即自动计算机，其名称中引擎（engine）一词是向巴贝奇的差分机（Difference Engine）和分析机（Analytical Engine）致敬。ACE计算机由图灵在1945年底设计，1950年运行了第一个程序。《艾伦·图灵：电子大脑》一书介绍，1943年开始，人们便决定为战后和平事业发展处理复杂运算的计算机模型，1945年国家物理实验室开展了计划，项目负责人是数学部的约翰·沃默斯利。

㉛罗素和怀特海的《数学原理》

《数学原理》是一部宏大的却未能完成的作品，由罗素与其导师怀特海合著。罗素几乎想在此书中囊括其前期作为一个坚定的"柏拉图主义者"的所有思想，他回忆这部作品时说："我那时需要的是一种确定性，就像人们需要宗教信仰那样。"

罗素在《我的哲学发展》一书中总结性地回顾了《数学原理》的历程和思想，1900年至1910年十年间，罗素与怀特海将精力投入到关于此书的工作中，它要达成的目标涉及数学与哲学两个内容。数学上，试图将数学纳入到一个完备的形式化系统之中。哲学上，试图通过逻辑实证主义思想对一切哲学问题进行归纳或剔除，以使其纳入形式逻辑可以完成的体系之中。数学部分多由怀特海负责，哲学部分多由罗素负责。

《数学原理》表达了一个思想，其实正是希尔伯特纲要所要达成的目标，即对于所有纯数学"都从纯逻辑前提推导的，并且只使用可以用逻辑术语定义的概念"。但是这部书随着不断深入和整个数理逻辑学的进步，在写作过程中有了两个不同的发展方向了。数学方面，新的题目出现了，包含新的逻辑符号在内，有了这种新的记号法，就可以把从前用散漫粗疏的普通语言所对待的事物，用符号来处理，这正如在哥德尔证明中所看到的。

尤其是对于集合的解释，罗素用一种函数的方式定义了集合：假定有任何命题函数，比如说$f(x)$，那么x的值就有一个相当的范围，就这个值的范围来说，这个函数是"有意义的"，也就是说，不是真就是伪。如果a是在这个范围之中，$f(a)$就是一个命题，这个命题不是真就是伪。除了用一个常数代替x这个变量以外，关于一个命题函数，还有两件事可做：一件是说它永远是真；另一件是说它有时是真。"如果x是人，x就不免于死"这一个命题函数永远是真；"x是人"这一个命题函数有时是真。所以关于一个命题函数有三件事情可做：第一是用一个常数来代替变数；第二是对于这个函数的一切值加以断定；第三是对于一些值，或者至少一个值，加以断定。命题函数本身只是一个式子而已。它并不对于什么加以断定或否定。同样，一个类不过是一个式子，它只是谈使这个函数为真的变数的那些值的一种方便方法而已。

在哲学方面，也有两种相反的发展。

其一是，"所需要的那套逻辑机构结果是比想象的要小。特别是，结果知道类是不必要的了"。关于这一点，可以通过罗素对语言哲学关于专有名词的意指性主张看出，罗素认为，世界是由许多不同个体组成，谈论它们，必须借助专名，而理解这个名词，必须亲知它的所指。所以，罗素把日常的名词解释为伪装性的描述性语言，而受维特根斯坦影响，只有那些原子事实才拥有真正的专名，它们不包含任何的描述性。依照这一逻辑推导，罗素最终认为专名只有两个，即"这"和"那"，因为其他语言必定包含一定的描述性。而因此，类是不必要的，因为没有一种精确而具有概括性的对某个集合的描述。当然，这一主张也引起了许多争议，例如维特根斯坦认为，我们所言的"名称"包含诸多词语，但并不包含"这"，因为"这"的使用必须要求承担者在场，并且必须连续一个指针指示的动作。但"名称"使用时无须这些限定。

其二是，罗素意识到，"自亚里士多德以来，无论哪一学派的逻辑学家，从他们所公认的前提似乎可以推出一些矛盾来。这表明有些东西是有毛病，但是指不出纠正的方法是什么"。其实，这正是逻辑体系的不完备性造成的。

《数学原理》时期，或者说早期的罗素，对于形而上学，其态度是摈弃的，罗素甚至借用康托尔的话表达过对康德的不满，"他不理解数学"，他认为自己与康德体系不同的两点在于："第一，虽然客观世界大概不完全类乎知觉世界，却是由于相互关系和知觉世界相连的，这种相互关系在以时空为主观的哲学里是不可能的。第二，他所主张的非演绎推理的原则不是必然的或先天的，而是科学的假设。"前期作为一个绝对的理性主义者，罗素试图扭转康德哲学所建立的理性边界的问题。但终其一生，罗素其实是一位不可知论者，但并非一个神秘主义者（他们不相信并无基础的"直觉"，这其实与哥德尔是一样的，他们所认为的直觉依然是有其基础的，只是无法进行机械化的表示），自然其原因正如艾兰·乌德在其《罗素哲学》中所言：罗素的哲学是其寻求确定知识的副产品，这种寻求终于失败了。

正是如此，罗素对于数学是有一种骄傲的态度的。他认为可以理解的便是科学，不可理解的便是哲学。而"哲学的其中十分之九是梦话。那个唯一完全明确的部分是逻辑，而且那一部分既然是逻辑，它就不是哲学"。而在《数学原理》中，罗素通过对于逻辑运用的"关系算法"，将逻辑表示成"叙述函数"使其与普通数学进行联系，并延伸至"哲学"中可以说清的部分，除此之外，便剩下某些词语的构造导致的意义上的不明。对于逻辑实证主义者而言，这是一个很重要的界限，因为，对于不可说清的，要保持沉默。

当然，晚期的罗素哲学思想显得更为平和，而数学的不完备性，也使得这部宏大作品最终不能完成，但从许多意义上，它提供的方法都促进了元数学的发展。

英格玛 I
第二幕

① 神谕机

在解决图灵机的停机问题过程中，图灵曾设想，对于普通图灵机，停机问题是不可解的，如果设定一台神谕机，将所有普通图灵机的停机问题的解作为其参数，使其可以判定任何普通图灵机的停机问题，这个问题能否被解答呢？

图灵经过证明发现，答案依旧是否定性的。因为除神谕性质外，它仍然是一台普通图灵机，对于它本身的停机问题，其实只是给"图灵机"加上一个特殊限定，但其他性质并不改变。因此任何图灵机无论多么强大，都不能解决关于自身的停机问题。

② 罗素的自杀企图

罗素的童年可以说是阴暗的，虽然他生于英国蒙茅斯郡特雷莱克的一个贵族家庭。其祖父约翰·罗素伯爵2次出任首相，是争取1832年英国改革法案通过的领导人。罗素2岁时他的母亲死去，大约一年后他的父亲和姐姐也谢世了。祖父祖母自愿承担了抚养孩子的责任。罗素的祖母具有自由主义政治观点，同时也是虔诚的清教徒，常教导罗素要反思自己的思想和行为，而严格简朴的家教使得罗素备受压抑，他每天早上要用冷水沐浴，大人从来不给水果，也从来喝不到啤酒，因此少年时代的罗素性格内向，他没有被送到学校读书，从小由外籍保姆和家庭教师照顾，学习德文、法文、意大利文。罗素的祖父有一个藏书极为丰富的图书馆，他经常藏身其中广泛吸收文学、历史、地理等方面的知识，他有勤于思考的习惯，这无疑受其祖母的影响。罗素在《幸福之路》中说，自己在5岁时便想，如果能够活70岁，才度过了人生的十四分之一，那该是何等煎熬。那时他就感到生活的无聊，时常产生自杀的念头，罗素的童年生活为他的孤僻、高傲、多疑、易变的性格以及特有的依赖性思想形成提供了孳生的神经因子和原始土壤。但11岁时，罗素第一次跟着他的哥哥学习欧氏几何学，他在自传中回忆："当我第一次遇到数学，感到它犹如初恋般的扑朔迷离，这个是我生活中的一件大事。"可以说，数学之美，让他获得了新生。

③ 人择原理

即人择宇宙学原理，但本质上它并非一条科学原理，而是一种带有诡辩性的解释方法。它首先由英国天体物理学家布兰登·卡特于1973年，在哥白尼诞辰500周年时提出。他将人择原理分为两种：弱人择原理和强人择原理。

弱人择原理（Weak Anthropic Principle，WAP）：被观测的宇宙的环境，必须允许观测者的存在。

强人择原理（Strong Anthropic Principle，SAP）：生命的产生是宇宙形成意图的一部分，而自然法则和基本常数都被设定为保证我们所知的生命得以产生。

之后许多科学家对卡特的理论进行了延展，卡尔·萨根、斯蒂芬·霍金都曾提到人择原理（霍金在《时间简史》中提到的人存原理），最重要的是宇宙学家约翰·巴罗和弗兰克·提普勒，他们提出更富有人文色彩和理想主义情怀的最终人择原理（Final Anthropic Principle，FAP）：包含智慧的信息处理过程一定会在宇宙中出现，而且，它一旦出现就不会灭亡。

但事实上，这一原理仅有弱版本是可以为大多数人理解和接受的，它可以简化为一种循环论证：

问题：为何会存在人类？

回答：因为你在提问，所以你存在。

很显然，"提问"与"存在"是两个不同层面的现象，"存在"不一定能推导出"提问"，但"提问"一定可以推导出"存在"，二者之间具有某种联系，即"存在"的集合包含着"提问"所需要的所有前提条件，因此"提问"是"存在"的充分非必要条件。

这一回答将"提问"现象发生的预设前提作为其全部的原因，因此必然具有超越"提问"这一层面的解释力。弱人择原理将现象表达为因果关系，这并不造成事实上的冲突，也没有语义上的逻辑错误，只是它也没有做出任何解释，实际上它是语法运用上的诡辩。

而强人择原理却试图达到一种解释性功能，因此为多数科学主义者所反对，它实际上是与哥白尼的观点相左，哥白尼认为：宇宙的存在是不以人的意志力为转移的，它是一种客观性的事实。罗素在《西方哲学史》中说：17世纪的科学大爆炸时代，带给人们最重要的理念，是将人从宇宙中心的位置移出。而强人择原理的解释核心则是，宇宙的存在必须以产生人类这样的观察者为目的，它与弱人择原理的不同还在于，弱版本强调的只是可观察的宇宙。

强人择原理的解读多会陷入到一种循环论证的怪圈，通俗理解它具有如下的表意：

问题 a：为何人类会存在？

回答 a：因为宇宙需要有人这样的智慧生命去观测才能存在。

问题 b：那么宇宙为何会存在？

回答 b：因为人这样的智慧生命的观测使其存在。

这依旧是明显的循环论证，因为我们尚不可知宇宙与人的关系究竟如何，因此即便将回答 a 中的宇宙换作任何无法确定其与人类关系的事物，譬如"上帝"，依然会成立。它们在科学性上是等价的。

根据奥卡姆剃刀原则，在预设前提具有等价的真实性的情况下，我们可以剔除掉更为复杂的部分。实际上，我们无须增加这样一个条件来确定人存在的原因，因此我们可以剔除掉这一条件（宇宙或上帝需要人的观测），问题的答案最终变成"因为人存在，所以人存在"。显然这是无意义的，而强人择原理因此给人一种反因果律的感觉。

当然，人择原理对于目前科学只是一个假设，我们的观测和逻辑，无法证明或证伪其真实性，因此它并不作为科学性的解释。

④ 哈代与黎曼猜想

哈代是一位杰出的数论专家，同时也是个无神论者，他曾经在一次乘船时遭遇风暴，便发电报给自己的好友数学家哈纳德·波尔（即量子力学大师尼尔斯·波尔的弟弟），只写了一句话"我证明了黎曼猜想"。有惊无险上岸之后，哈代向波尔解释说：如果他真的遇难，人们便只好相信他证明了黎曼猜想，但上帝是决不会将如此的荣耀给予一个无神论者的。

（参见《黎曼猜想漫谈》，卢昌海著，北京清华大学出版社，2012年）

⑤ 罗素最后的问题

罗素87岁时，曾为英国广播公司（BBC）录制过一段视频。其中一个问题是：如果这段影像可以流传未来，就像1000年前的《四海文书》一样，您将会给后世人们传授怎样的人生经验呢？罗素回答了两点，即智识与道德，他说：关于智识，在你的研究和哲思中，扪心自问，哪些是事实，哪些是事实的结论，勿为预期所诱导，更勿为假想的益处所诱惑，应独以事实为关注。关于道德问题，他说：爱是明智的，恨是愚昧的，在日益紧密关联的世界，我们应学会容忍，唯有如此，才能共存，同情和忍让，避免共亡。这对此行星的人类生活，至关重要。这段话对应本剧第六幕中关于罗素的情节。

⑥**拜伦**

伟大的诗人，有人认为他对于哲学的影响甚于对诗歌的贡献。

⑦尼采、荷尔德林、约翰·纳什所经历的漫长的黑暗

尼采：1889年，1月初旬，45岁的尼采在托里诺罹患中风，出现精神分裂症状，自此进入黑暗时刻，在耶拿大学医院精神科由母亲（1897年去世）和妹妹照顾，直至1900年8月25日逝世于威玛。

荷尔德林：被海德格尔重新发现的伟大德语诗人荷尔德林，生前曾经历了疯癫的黑暗时期，长达36年，海德格尔在《荷尔德林与诗的本质》中写道：1799年1月，荷尔德林在给他母亲的信中称写诗为"人的一切活动中最为纯真的"。（但是）这"人的一切活动中最纯真的活动"的领域却是"所有拥有物中最危险的东西"。（因为）人是必须证明与宣告自己存在的，（因此有了语言）在最初的神祇语言标记中，诗人已把住了充分的信息，进而用他自己的话把他在一瞬间把住的东西大胆地陈述出来。（而）诗意的词语又不过是对"民众的声音"的解释。（因此）诗的本质与神祇的足迹的法则和民众的声音的法则连接在一起，这些法则既互相吸引又互相排斥。诗人自己站在神祇和民众之间。诗人就是被逐出的人，被赶

到神祇和大众之间去了。正是因为第一次进入这种若即若离的状态，诗人才能断定人是什么，人在何处安置自己的此在，才能"诗意地栖居于这片大地"。

海德格尔认为荷尔德林"单纯地把他的诗意的话语奉献给那神祇和大众之间的领域"，并称其为"诗人的诗人"。

深受其影响的诗人海子在《我所热爱的诗人荷尔德林》中写道：他于1843年谢世，在神智混乱的"黑夜"中活了36个年头，是尼采"黑夜时间"的好几倍。荷尔德林一生不幸，死后仍默默无闻，直到20世纪人们才发现他诗歌中的灿烂和光辉。

约翰·纳什：数学家、博弈论创始人、诺贝尔经济学奖得主、电影《美丽心灵》主人公，经历过严重精神分裂症的困扰，自1958年开始，至80年代末期才得以好转，其间因健康状况辗转多家精神病医院，几乎淡出学术界。

显然，现实中的图灵并不能够完全了解这些故事，但本剧作为文学作品，背景出现在未来，主人公本身是数据化的模拟，因此并不造成时间线混乱的错误。

⑧ 普拉斯

西尔维娅·普拉斯，美国女诗人和小说家，以"自白"为风格特性，展现女性写作中对存在、生命、自杀等个人主题的探索，生前遭受家庭及情感的诸多不幸，1963年最后一次自杀成功，年仅31岁。

⑨ 道德科学俱乐部

道德科学俱乐部是剑桥大学以罗素、维特根斯坦为核心的讨论小组，卡尔·波普尔在其自传《无尽的探索》中说：1946年至1947年年初，波普尔接到剑桥道德科学俱乐部的邀请书，去宣读一篇关于"哲学困惑"的论文。

这极有可能是罗素的主意，波普尔对罗素崇敬有加，而罗素也从他的最新的作品《开放社会及其敌人》中了解到他的观点。但波普尔认为这是维特根斯坦的提法，因为"哲学困惑"反映了维特根斯坦的哲学论点：哲学中没有真正的问题，只有语言上的困惑。

波普尔决定反驳该论点，因此他的论文是："有真正的哲学问题吗？"波普尔认为正是这一问题引发了维特根斯坦的激动和失态。

"我在论文（1946年10月26日在国王学院 R. B. 布雷思怀特的房间里宣读）开头，对干事邀请我宣读一篇'谈谈某个哲学困惑'的论文表示惊讶；我指出不管是谁写的邀请书，他通过暗中否认哲学问题的存在，不知不觉的在一个真正的哲学问题引起的争端上站到了一边去。我毋需说，这不过是我的论题的一个挑战性的、并且有点轻松愉快的开场白。但是正是由于这一点，维特根斯坦跳起来大声地并且我认为是愤怒地说：'干事所做的正是我告诉他要做的。他按照我的指示办事。'……

"……我继续往下说，如果我认为没有真正的哲学问题，我就肯定不是一个哲学家；而事实是，许多人，或许是所有的人，不假思索地对许多或许所有哲学问题采取了靠不住的解决办法，而这些问题为成为一个哲学家提供了唯一的证明。维特根斯坦又跳起来打断我，大谈困惑和不存在哲学问题。在一个我认为合适的时刻，我打断了他，提出了一份我已准备好的哲学问题清单，例如：我们通过我们的感觉认识事物吗？我们通过归纳获得我们的知识吗？维特根斯坦把这些问题作为逻辑问题而不是哲学问题加以排除。于是我提到是否存在潜在的甚或实际的无限的问题，他把它作为数学问题排除了（这个排除已写进会议记录）。于是我提到道德问题以及道德准则的有效性问题。这时维特根斯坦正坐在火炉旁，神经质地摆弄着火钳，有时用火钳作教鞭强调他的主张，这时他向我挑战说：'举一个道德准则的例子！'我回答说：'不要用火钳威胁应邀访问的讲演人。'维特根斯坦顿时在盛怒之下扔掉火钳，冲出房间，呼的一声把门关上……

"……在维特根斯坦离开后，我们进行了十分愉快的讨论，讨论中伯特兰·罗素是主要发言人。而后来布雷思怀特夸奖（也许是可疑的夸奖）我说，我是唯一能够用维特根斯坦打断别人的方式打断他的人。"

以上便是波普尔对道德科学俱乐部发生事件的回忆，当然，这部自传完成时维特根斯坦已不在世上，这可以作为波普尔的一家之言。

英格玛 I
第三幕

①《开放社会及其敌人》

卡尔·波普尔有两个重要的研究方向，一是基于对当时最前沿的相对论、量子理论及其他前沿科学的研究，做出的对科学与人类社会关系的思考，即科学哲学部分；二是基于其自身经历与当时国际社会格局与流行思潮做出的社会哲学和政治哲学研究。本书是波普尔作为政治哲学重要学者的代表作，思想宏大，影响深远（此书出版引起轰动效应，波普尔自此活跃于知识界与政治界。1965年，其经女皇伊丽莎白二世获封爵位，1976年当选皇家科学院院士，1982年获颁荣誉侍从勋章）。

本书中波普尔并不仅满足于对纳粹德国、苏联等制度表象的批判和抨击，而是以人类史学的视野，追根溯源至古希腊哲学中具有社会整体规划功能的"理想国"概念，深究人类文明对多元化的、开放性的社会形式的追求历程。

波普尔在《赫拉克利特》一章中提出公元前500年，

人类经历从部落社会向开放社会的转型之时，赫拉克利特因发现变化的常在性，而试图建立不变法则，缓解对稳定社会消失的失落。他们宣扬历史的永恒发展规律，这正是波普尔所批判的本体论，他认为历史发展无规律可循，以往的历史事实也无法决定未来的社会发展。而从《极权主义的正义》一章开始，波普尔将矛头指向了与当代极权主义密切相关的柏拉图，在对柏拉图社会架构的分析中，波普尔指出通过以城邦政治的复制模式来阻止所有社会变化的形式，是一种"回到自然中去"的特权合法化的现象。这一现象的突出问题是严格的阶级区别，它将带来国家"必须以经济自给自足为目的"的矛盾，波普尔认为这是极权主义的纲领，认为正义对于国家的力量、健康和稳定大有助益；这个论点与近现代极权主义的界定再相像不过了：一切对我的国家、或我的、或者我的政党的力量有用的就是正确的，并通过"消除特权、普遍个人主义、国家保护公民自由"的原则对之进行了反驳。

在《唯美主义、完善主义、乌托邦主义》等章节中，波普尔提出对柏拉图"乌托邦"工程的描述：任何一种理性行为都具有其目的性，这一目的自上而下地从理想国家的蓝图开始，影响到每个个人的生活。而与这一宏伟却略显遥远的蓝图相对的，波普尔提出"基于民主制的社会零星工程"原则，波普尔认为"因为并不存在使一个人幸福快乐的制度手段"，所以，该原则是"一种在能够避免的情况下要求不被造成不幸的权利"。

在对黑格尔的道德实证主义的批判中，波普尔认为它是"一种只有现存标准，而没有道德标准的理论，存在的就是合理的导致，强权就是公理"，进而在对包括历史主义的道德主义中，波普尔反对"要么采纳未来的道德体系，要么采纳那些其行为对产生未来有极大作用的人所坚持的道德体系"等道德政治化方式，他反对马克思主义的道德方法论，但赞扬了马克思的行动主义和自由主义倾向以及对开放社会的信仰。

在《社会学的自主性》等章节中，波普尔对穆勒的心理主义提出批判：社会是相互作用的精神产物。心理主义通过与制度主义的辩论，得出：一切社会现象都是人性的现象，当个体人性的规律，被集合起来，人并不变成另一实体（穆勒语）。这一论点虽然驳斥了集体主义和历史的整体观，但由于不得不启用"社会起源"观点，而"人在社会上是优先于人性存在的"，通俗来说，波普尔认为人受社会的影响是显然的，"我们的精神、意见大部分（而非全部）依赖于我们的早期教育"。而这是一个连续的循环的过程，因而社会进步不能依赖于历史主义的"保守的辩护士"而应是"革命者甚或是改革者"。

我们可以认为，波普尔基于这些"个人的视角"，得出开放社会的三个原则：

一、基于民主制的社会，一方面维护自由经济制度，另一方面限制自由竞争产生的不平等。

二、基于民主制社会的零星工程，旨在保护个人免于干预的消极自由。

三、政治道德化，波普尔认为道德是国家进行管控和干预的借口，是国家权力意志的体现，而政治道德化是一种人道主义的保护主义，它的前提是免于制度对人的伤害。

这三者将建立"革命"性的"新型的个人关系"，"人们可以自由地加入这些个人关系，而不被出身的偶然性所决定；此外还产生新的个人主义"。这些个人形成了开放社会"政治多级化"和"文化多元化"的场景。

当然本书还探讨了社会学科的偏见、科学的客观性、历史学的意义等命题，其视野可谓恢宏辽阔。波普尔此书完成于1945年，引起轰动，当然也招致一些人的反对，尤其是针对波普尔对于柏拉图的解读和批评。希腊哲学专家莱文森特别发表专著《保卫柏拉图》，对波普尔做出全面抨击，而波普尔也在第4版中特别加了一个附录对此予以反驳。

此外《无尽的探索》中有一段记录，发生在拨火棍事件后的第二天："次日，在去伦敦的火车上，我所在的车厢里有两个大学生面对面坐着，男孩看着一本书，女孩看着一本左翼杂志。突然女孩问道：'卡尔·波普尔是谁？'男孩回答说：'从没有听说过他。'名声就不过如此。（后来我发现，这本杂志有一篇抨击《开放社会》的文章。）"

可以管中窥豹地想象当时的社会思潮。但无论如何，作者被认为是"开放社会学"的鼻祖，深受诸多学者（包括爱因斯坦、波尔、罗素、卡尔纳普、以赛亚·柏林等大师）及政客们的欢迎。此书的观点，与哈耶克《自由秩序原理》（1960年）、《通往奴役之路》（1944年）以及奥威尔《1984》（1949年）、《动物农场》（1945年）等书中的预言一起，敲响了二战后西方社会对共产主义思潮的警钟，从某种意义上，它对全球社会格局产生了巨大影响。正是完成这部鸿篇巨制之后，波普尔受罗素之邀，于1946年参加剑桥大学维也纳小组的讨论会，并在会上与维特根斯坦发生了被后世津津乐道的冲突，这便是本剧第四幕的场景原型。

② 佩雷尔曼

俄国犹太裔数学天才，1994年开始专注于对庞加莱猜想的证明，其间深居简出过着数学隐士的生活。2002年，一些数学界人士收到他的电子邮件，并看到和验证了他在arXiv网站上发表的关于庞加莱猜想完整和正确的证明。他的工作结束了百年来人们对该问题的漫长跋涉，被数学界认为是当时"最重要的成就"（陶哲轩语），对人们对空间结构的深入理解产生了重大影响。但性格怪癖的数学天才并未因之改变自己与世隔绝的生活，他以牛奶和黑面包为食，拒绝数学会议及奖项，只与母亲生活在俄罗斯圣彼得堡市的一座公寓中。

③ 维特根斯坦对于罗素罗曼史的批判

罗素可谓生性风流，对世俗道德不屑一顾。维特根斯坦曾评论他说，这只关乎私德，他人无权评价，但如果认为这种滥情是智力水平过高导致的，那便让人无法容忍。

④ 不是我点的火

We Didn't Start the Fire，美国歌手比利·乔尔的名曲，

发表于1989年。受当时国际格局的影响，比利·乔尔灵感爆发，将二战以来世界范围内的重大政治文化事件做了个大串联，从越战到水门事件，从玛丽莲·梦露到马龙·白兰度，从美国到中国，以中产阶级视角看世界大局的变迁，曲调欢快而充满比利·乔尔特有的调侃意味。其MTV描述的是被慢慢烧到后院的大火所破坏的悠闲的市民生活，结合歌词来看很是寓意丰富。

⑤ **语言游戏**

在维特根斯坦早期的哲学体系中，已经认为形而上学的种种"错误"应归咎于语言的误用，并以此为标准进行对哲学的梳理和再定义。随着对语言哲学更为深入的思索，尤其是逻辑体系通过其规范化逐步渗入到对日常语言的作用之中，维特根斯坦对形而上学的批判有了新的方向，认为它更多是语言与其使用规则间的冲突。

在维特根斯坦早期提倡的原子逻辑的概念中，语言符号最终的指号是名称，它的意义在于指称构成世界的最终元素对象。而在《哲学研究》中，维特根斯坦修正了这一观点，他认为语言是某种按照一定规则而进行的使用活动，它应该与使用它的活动成为一个整体，这个整体便叫作"语言游戏"。其实，"游戏"是一种比喻，但恰到好处地说出了规则的重要性，语言必须在语言规则下才具有意义，对于其词义的规范只是日常语言比较稳定的一些记录而已。

根据这一观点，维特根斯坦对我们理解世界的过程做了一个重新的梳理。他认为，我们进入"语言游戏"

之中的最初是"盲目地遵守法则",然后形成一种习惯。而语言游戏的整体,具有可变性、独立性、多样性和环境相关性等多种性质,而这些性质我们完全可以通过日常活动中对语言游戏的进入体会到。比如它与生活是相关的,如果没有生活环境,也就是游戏发生的场所,交流所需,那么语言游戏便不会发生。再比如语言游戏中的词语、句子等元素都不是固定的,它随时可能发生改变,从而形成新的语言体系。

而通过对语言游戏的研究,维特根斯坦认为对形而上学的批判应该深入到另一层面,即对于本体论和实在论的批判之中。在维特根斯坦的新观点下,词语背后不再具有某个实在对象,它只是一个途径,让我们通过它去把握事物的本质。而在这一观点下,维特根斯坦提出对语言游戏进行多种意义的整体性把握的方法"全景概观"。

简而言之,维氏认为完整的有意义的语言应该是能在日常之中对应其习惯性意义的语言,而非哲学的"闲置"语言。结合其提出的"私人语言"悖论来看,语言时常会成为一种密码(虽然密码并不属于维氏私人语言的范畴),它被遮蔽得仅剩一个本意早已发生变化的词汇的空壳,如果被哲学家使用,那么它真实的意义早已无从寻找,因此哲学语言时常像呓语,实质上也只是呓语,这便是维特根斯坦对哲学进行的新的批判。

⑥英格玛音乐计划

谜(Enigma)不是传统形式的乐团,而是一个音乐项目，于 1990 年由迈克尔·克里图与妻子桑德拉在德国创建。其音乐以多变的形式、丰富的采样、如梦如幻的视听体验深受乐迷欢迎，他们曾为一组西藏音乐采样深入青藏高原一年，其艺术精神令人感动。克里图试图通过英格玛计划结合电子音乐、世界音乐、古典音乐、宗教音乐、格雷哥里圣歌、黑人部落舞曲等多种音乐形式，使之浑然一体地表现时空交错、神秘主义、性与潜意识、宗教体验和终极关怀等哲学命题，影响深远，可谓新世纪风格中极具有代表性的团体。

⑦ 维热纳方阵

《旧约·创世记》中，有一个关于巴别塔的故事。大洪水过后，天空出现了第一道彩虹，上帝以彩虹与人类定下契约，不再用大洪水毁灭大地。此时人类都讲同样的语言，彼此理解。后来有人开始反对彩虹契约，于是人类联合起来准备建造一座巴比伦城和一座通天塔，以此传扬人类的名，使人不再大地上分散。

上帝被震惊了，他不允许自己的誓言受到质疑，他想，如果人类能修成巴别塔，也会做成任何事情，他必须阻止人类。于是他改变并区别开人类的语言，使他们无法交流而分散在各处，于是巴别塔工程便半途而废了。

这虽是神话，但也说明了语言的重要性。很多时候，人类自己让自己处于不能相互理解的境地，比如战争中秘密的军事行动，于是密文应劫而生。最早的密码可能是公元前 1900 年左右，古埃及墓室墙壁上雕刻的不标准的象形文字，但人们认为这并非严肃的秘密交流，而是带有某种神秘性的娱乐行为。而后在美索不达米亚的泥板上发现过一块约公元前1500年左右的泥板，用加密方式记载了陶器釉料配方。

而在大约公元前600至500年，希伯来人开始使用简单的单字母替代密码，如埃特巴什码。印度《卡马经》（即《爱经》）中记载，大约公元前400到200年的印度，盛行一种被称为密写信的艺术，人们可能用简单的替换密码用于恋人间的传信。

而恺撒大帝（前102—前44）首次将替换密码运用到军事领域，而后这种密码被称为恺撒密文。恺撒密文将信息中的字母移动一定的位数来实现加密和解密，操作方便，在古罗马时期非常流行。

然而，这种密文对于军事通途来说过于简单了，甚至可以通过猜测密钥的方式完全破译。阿拉伯哲学家肯迪（801—873），完成了第一本密码学分析著作《加密与解密手稿》。

书中记载了对恺撒系统最早的破解方式，即运用统计推论的频率分析法。一篇足够长的文章中每个字母出现的频率变化极小，完成对字母频率的统计，通常情况下都可以将明文和密文字母一一对应，这甚至运用在对古籍（例如《红楼梦》）真伪的鉴定中。

而后一些编码者为了给解密制造困难，将空格、标点等特殊字符加入到单个字母序列中，实质性的改变源于多字母替换密码，它最早由15世纪的佛罗伦萨作家、建筑师和密码学家莱昂·巴蒂斯特·阿尔伯提出，用至少两个密码表交替使用进行加密，如：

画面：

明码表　A B C D E F G H I J K L M N O P Q R S T U V W X Y Z
密码表1 Q W E R T Y U I O P A S D F G H K J L Z X C V B N M
密码表2 E K P R J B D N C V O U H T Y W Z X M L A S F I G Q

　　第一个密码表加密第一个字母，第二个密码表加密第二个字母，第一个密码表又加密第三个字母，不断地重复……那么：

明文　F　　O　　R　　E　　S　　T
密文　Y　　Y　　J　　J　　L　　L

　　但遗憾的是，阿尔伯提未能将他的理念发展成一个完整系统。直至16世纪，法国外交家维热纳尔发明一种密码表，叫作维热纳尔密码，其主要结构是维热纳尔方阵：

```
   A B C D E F G H I J K L M N O P Q R S T U V W X Y Z
 1 B C D E F G H I J K L M N O P Q R S T U V W X Y Z A
 2 C D E F G H I J K L M N O P Q R S T U V W X Y Z A B
 3 D E F G H I J K L M N O P Q R S T U V W X Y Z A B C
 4 E F G H I J K L M N O P Q R S T U V W X Y Z A B C D
 5 F G H I J K L M N O P Q R S T U V W X Y Z A B C D E
 6 G H I J K L M N O P Q R S T U V W X Y Z A B C D E F
 7 H I J K L M N O P Q R S T U V W X Y Z A B C D E F G
 8 I J K L M N O P Q R S T U V W X Y Z A B C D E F G H
 9 J K L M N O P Q R S T U V W X Y Z A B C D E F G H I
10 K L M N O P Q R S T U V W X Y Z A B C D E F G H I J
11 L M N O P Q R S T U V W X Y Z A B C D E F G H I J K
12 M N O P Q R S T U V W X Y Z A B C D E F G H I J K L
13 N O P Q R S T U V W X Y Z A B C D E F G H I J K L M
14 O P Q R S T U V W X Y Z A B C D E F G H I J K L M N
15 P Q R S T U V W X Y Z A B C D E F G H I J K L M N O
16 Q R S T U V W X Y Z A B C D E F G H I J K L M N O P
17 R S T U V W X Y Z A B C D E F G H I J K L M N O P Q
18 S T U V W X Y Z A B C D E F G H I J K L M N O P Q R
19 T U V W X Y Z A B C D E F G H I J K L M N O P Q R S
20 U V W X Y Z A B C D E F G H I J K L M N O P Q R S T
21 V W X Y Z A B C D E F G H I J K L M N O P Q R S T U
22 W X Y Z A B C D E F G H I J K L M N O P Q R S T U V
23 X Y Z A B C D E F G H I J K L M N O P Q R S T U V W
24 Y Z A B C D E F G H I J K L M N O P Q R S T U V W X
25 Z A B C D E F G H I J K L M N O P Q R S T U V W X Y
26 A B C D E F G H I J K L M N O P Q R S T U V W X Y Z
```

它的明码表后排有 26 个密码表，形成一个完整的链条，方阵中不同的行可以加密不同的字母，例如用关键词 CODE 对 MATH 进行加密，先找到密钥中开头 C 对应的行，是第 2 行，找到该行中 M 对应的字母 O，接着对密钥中第二个字母 O 对应的行，即第 14 行，对 A 进行加密密文是 O，以此类推，得出的密文是：OOWL。

维热纳尔密码克服了频率分析，同时具有数目众多的密钥。发送者和接收者可使用字典里任一个单词、单词组合或虚构的词作为关键词。军用操作中，配合密码盘使用非常简便，美国内战期间南方领导层几乎只用三个关键词，便完成了整个战争期间的信息加密，因此甚至 1917 年的《科学美国人》杂志曾将其描述为"不可破译"。但事实上，早在 1854 年，差分机的发明者数学家查尔斯·巴贝奇就找到了破解方法。首先从密钥长度着手，寻找明文中一个不断重复的字母串。

造成重复有两种可能的原因，一是明文中同样的字母序列使用密钥中同样的字母加了密；二是明文中两个不同的字母序列通过密钥中不同部分加了密，碰巧都变成了密文中完全一样的序列。如果给重复的字符串设定一个长度下限的话，随着下限不断提高，第二种可能将会被排除，在字符串 4 个以上的情况下，基本上只有可能是第一种情形。

比如密文中第 1 次出现 ABCD 后，相隔 15 个字母又出现了 ABCD，那么就推测密钥长度应该是 15 的因数，即 3、5 或 15。然后用这样的方式找到例如 OOWL 的重复，发现间隔了 35 个字母。于是推测密钥长度可能是 5、7 或

35，与上面推测的结果有一个重合，即5。以此类推，如果大量信息表明密钥长度都是5的倍数，那么密钥长度基本可以确定为5，即关键词中有5个字母。

确定了密钥长度后，破译者便可以继续将解密过程转换成对加密信息的日常频率分析之中了。只是，因为关键词有5个字母，所以应该将密文以5为间隔进行分别分析，即第1，6，11，16，…个字母分为一组，把第2，7，12，17，…个字母分为另一组。这样的话，一个长文便被分成5个短文，但每个短文依旧有足够长的字符，提供可使用频率分析的空间。

接下来，将新的5份分析频率表与标准频率表进行对比。每个频率表都会有平稳期、峰值、低谷等特征，对比的区别在于这两张图标的特征点发生了平移。显然，按照平移后的特征值进行逆推，就可以大致判断出密文对应的明文，根据两者之间的差值，即可大致分析出密钥所对应的字母。进而根据这个信息的不断积累，最终可以找出精确的密钥。有了密钥，就可以通过维热纳尔方阵对应到相应的明文，破译工作便完成了。

值得一提的是，巴贝奇虽然是当时时代中罕见的天才，拥有一大批科学家、艺术家如特斯拉、奥古斯都·神·摩根，达尔文，狄更斯等朋友，但因为其古怪的脾气和不善经营的性格，以及当时工业制造条件的限制（他的机器部件需要精确到千分之一英寸），最终在发明差分机的道路上功败垂成，郁郁而终。但一百年后，当有人试图根据他的图纸重新制造差分机时，发现竟然连预算资金都相差无几。

巴贝奇在差分机中首先使用了卯榫结构来表达二进制与非逻辑，他的弟子与好友艾达·拜伦，是人类历史上第一位程序员，为他的机器写了伯努利数的递归程序。巴贝奇死后，他的大脑被保存了下来供人们研究。这多少有点像缸中之脑的悖论，而艾达在巴贝奇的指引下，所幻想的世界正是一个可以通过机器去写诗、作曲、绘画、创作艺术的世界。

⑧ 莱布尼茨转轮

机械计算与数学发展史密不可分。

1642 年，法国哲学家和数学家帕斯卡发明了世界上第一台加法计算机。它外形像一个长方盒子，用儿童玩具那种钥匙旋紧发条后才能转动。帕斯卡利用齿轮传动模拟加法运算和"逢十进一"的进位，其核心结构包含一种小爪子式的棘轮装置，当定位齿轮朝 9 转动时，棘爪便逐渐升高；一旦齿轮转到 0，棘爪就落下，推动十位数的齿轮前进一档。帕斯卡加法机器通过手摇方式操作，他认为"这种算术机器所进行的工作，比动物的行为更接近人类的思维"。这一思想对后世计算机的发展产生了重大的影响。

莱布尼茨读到帕斯卡撰写的"加法器"论文手稿，深受启发，1673 年他独立制造出一台能进行加、减、乘、除运算的计算机。这是继帕斯卡加法机后，计算工具的又一进步，他将这种机器称作"乘法器"。机器约 1 米长，同样通过一系列齿轮运算数据，其核心结构在帕斯卡加法器基础上增添了一种名叫"步进轮"的装置。这是一个有9个齿的长圆柱体，这些齿依次分布于圆柱表面，旁边另有个小齿轮可以沿着轴向移动，以便逐次与步进轮啮合。小齿轮转动一圈，步进轮可根据它与小齿轮啮合的齿数，分别转动1/10、2/10圈，…，直到9/10圈，这样一来，它就能够连续重复地做加减法。通过转动手柄的控制，即可将重复加减转变为乘除运算。

⑨ 洛伦兹密码机"金枪鱼"

除了英格玛系统外，二战期间，德国还发展出一系列与英格玛密码机全然不同的电传打字机加密系统。1941年，德国密码破译机构研制出另一种更先进的保密电传打字机洛伦兹，英军代号为"金枪鱼"。它采用了32字母加密方法，已初具自动计算机的思想，可以生成二进制异或门的伪随机序列。英格玛密码机只有3个转轮，而洛伦兹有10~12个转轮，内部装有数以百计的金属接线柱，每一个都可以设置不同的开关状态，具有159万亿种可能的加密方式，是英格玛的26倍。在它面前，英国人用继电器组装的"图灵炸弹"顿时丧失了威力。希特勒高兴地称它是"一种绝对安全可靠的密码机"。

洛伦兹密写机器采用类似二进制代码的方式进行编码，可以实现对电传打字机信号的直接加密。例如，电传打字机中A代码是00111，然后选择一个随机字母B作为密钥，其电传代码是01001。按照对位相同生成为1，对位不同生成为0的简单原则，可以得到A经过B加密后的密文C为10001。解密过程是相反的，将密文C10001与密钥B01001进行相同的对位运算，可得明文00111，即 A。

1941 年，洛伦兹密码机的密码首度被截获，人们意识到这是一种"新的音乐"。马克斯·纽曼教授（图灵的挚友，曼彻斯特大学教授，第一个发现图灵论文《论可计算数及其在可判定性问题上的应用》价值的人）及其同僚组成破解"金枪鱼"的团队。

比英格玛更为艰难的是，从未有人见过金枪鱼原型机，只能从截获的密码中对其加密方式进行猜测，而一位名叫比尔·图特的数学天才带来了破解它的最初的希望。比尔·图特 1917 年生于纽马克特，父亲是园丁，学生时代成绩优秀，1935 年进入剑桥三一学院，先学习化学，后转入数学。1941 年接受图灵的面试进入布莱切利庄园，但未进入英格玛破译小组，而是加入了约翰·蒂尔特曼的研究中心，其当务之急便是破译金枪鱼密码。

而突破性事件源自于一次极富戏剧性的历史巧合。1941 年 8 月 30 日，一位德国发报员将一封长达 4000 字的电文从雅典发往维也纳，但接收方回复并未收到，要求重发。发报员在并未修改密钥的情况下重新发送了原文，但两次密文却有细微差别，其原因是发报员第二次过程中将一些单词进行了简写。例如"Nummer（德文数字）"简写成"Nr"，这样便省略了"umme"四个字母。凡能简写的地方，此君都做了如此处理。

首先获得这段情报的正是约翰·蒂尔特曼，他是一位高级情报员。1894 年 5 月 25 日，出生于伦敦，其父亲来自苏格兰，1914 年参军，一战期间在国王苏格兰边民团服役，并在法国前线受伤，因其英勇表现获十字勋章。

1920年代开始供职于政府密码学院，1921至1929年作为密码分析家曾在西姆拉印度军队司令部服役，分析苏俄发往各地的外交密文。1944年晋升准将及政府密码学院副院长。1951年蒂特尔曼会见《伏尼契手稿》研究专家弗里德曼，1970年后，着手于对这一远古文献的研究（关于这部著名手稿，2004年1月的《密码学》杂志发表了英国基尔大学教授戈登·鲁格的论点，认为此书为伪书。鲁格介绍了一种叫作"卡登格"的方法，将字母、符号等写下，用带孔的卡片盖住，孔中出现的字符记录下来组成单词，这样便可以模拟单个符号产生的统计规律）。退休之后，蒂尔特曼被返聘至政府通讯总部和国家安全中心，在密码通讯领域的最前沿度过60几年时光，1982年8月10日去世。

蒂尔特曼在密码分析学领域智慧过人，拥有极高的语言天赋。他曾在破译日本密码中立下功勋，而那时他仅学习日语几周时间，他相信金枪鱼机器是可以破译的，并用10天时间进行了对信息的分离，找到了密钥和明文，但他并没能够了解金枪鱼机器的加密机制。蒂尔特曼将这一任务交给了比尔·图特。

图特开始对密码进行分析。首先，使用相同密钥多次加密后的信息，会发生一种关联，消除掉原来密钥的影响。例如，明文A为00111，使用密钥B 01001加密，可得密文C 10001。明文X 10110同样使用B加密，可得密文Y 00000。因为A与X都通过B加密，并且分别获得C与Y，根据数学原理可知，A使用X进行加密，可得01110，C使用Y进行加密，可得01110，二者相同，将其记为Z，而密钥B的作用消除了。因此，当拥有两个通过同一密钥加密的信息后，可以通过加密方法获得一个全新的信息Z，显然，Z信息必然包含A和C两个信息，而A和C都源自明文，所以必然是有意义的词组。现在问题是，Z可否有效地生成A与C？从数学上，答案是否定的，但在实际运用中，却有突破的方式，那便是灵感。因为密码信息大多为时间、地点、编制、人数等等信息，因此可以通过从常用信息入手突破，在Z中寻找字母串长度相同且有意义的单词。

　　而图特还通过对密码的分析推测出对金枪鱼机器的加密方式，他将这份4000字的密电纵向写在表格上，以一定长度呈现。这时他发现，就像维热纳尔密码一样，表格中每隔23个字母似乎就会有一次循环，因此他推测密码机可能有25个轮齿，因此他用23乘以25得到575，他随后检查在575行是否有循环，结果没有发现循环，但在574行出现了循环，574有三个质因数，2、7和41，通过验证，他确定了密钥的循环间隔是41，从而认定密码机的第一个转子有41个位置，接着他以同样的方式判断第二个，第三个……

　　根据这一规律，比尔研究出了破译密文的数学统计学方法"1+2"的破译法。最初，盟军用手动破译的方式，对密文进行海量的检查和破解，获得了大量信息。尤其是在库尔斯克战役上发挥了重大作用，帮助盟国苏联在战争中取得重大转折。但随着破译对效率的要求更加紧迫，破译者们终于认为有必要研制先进的电子管计算机来代替人工了，而这促成了世界上最早的拥有现代计算机系统雏形的巨像计算机（COLOSSUS）的诞生。

他们需要一个电子管工程师，而在布莱切利庄园，恰好有这样一位人物，他叫汤米·弗拉沃斯。弗拉沃斯是一个内向而智慧的人，头发总是用头油打理得整整齐齐。1905年，弗拉沃斯生于伦敦东部的贫民区，父亲是一名砖瓦匠。他没有接受大学教育，做机工学徒期间拿到伦敦大学夜校学位，后来到伦敦邮局研究所。纽曼教授意识到他可以将图特的设计实现机械化。

弗拉沃斯熟悉电子管的性质，他接受了这一重任。此时，纽曼教授已经拥有了"图灵炸弹"——海斯·罗宾逊机器。但1942年，图灵去往美国，"图灵炸弹"机器状况百出，而且它已经不再适用于新的秘密机制了。纽曼教授起初建议弗拉沃斯对机器进行维修和升级，而弗拉沃斯决定制造新机器，模拟金枪鱼的密钥生成规律。

弗拉沃斯回到他在伦敦多利士山的邮政研究局，和同事们夜以继日地开始了设计制造。1943年的3月到12月之间，巨像计算机"马克I"原型机在此诞生。这台机器用1500个电子管组成十进制计数器，以纸带作为输入器件，能够执行各种布尔逻辑的运算，他们试运行一次，旗开得胜，接着，这台具有半编程能力的计算机开始运转，并投入到对希特勒密码的破译之战中。

巨像计算机拥有许多由电子模块，包括内部码流生成器、时钟脉冲系统等现代计算机部件。它被安装在2个用支架架起的约2米高、5米宽的箱子里，中间隔开约2米，总重量约1吨，功率达4.5千瓦。巨像的程序均以接插方式运行，有的是永久性的，有的是临时插入。它用5

孔纸带输入密码，经过运算，输出数据显示在一个面板上，每次读取和运算，面板都会在不同数据上进行不同的亮灯提示。它产生的热量很大，据说有人建议操作员不要戴帽子，以免满头大汗。

1944年2月，巨像计算机正式启用。布莱切利庄园依靠它向英国和盟军指挥部发出了48000份"超级机密"电报，平均每小时破译的德国情报超过了11份。由于巨像及时提供准确的情报，盟军对德军作战序列的了解完全透明，这成为扭转战局的关键。尤其是在诺曼底登陆计划中，巨像计算机扮演着功不可没的幕后英雄角色。

1944年初，盟军准备展开"霸王"战役横渡英吉利海峡开辟第二战场。艾森豪威尔将军希望德国人相信盟军攻击方向是加莱而非诺曼底，盟军统帅部宣布组建子虚乌有的"巴顿第1集团军群"，摆出要在加莱登陆的假象。为配合佯攻行动，布莱切利庄园的人们又制造出一台威力更强的巨像机器，电子管增加到2400只。盟军用巨像破译的德军密码，频频发出假情报，并且将所有"超级机密"情报都伪装成来自其他渠道。隆美尔终于上了钩，把精锐部队调往加莱。一些军事史学家认为，这是战争史上前所未有的最成功的欺骗行动，甚至有军事学史家认为巨像参战改变了二战进程。

巨像计算机建造到第9部"马克II"，但是其实体器件、设计图样和操作方法，直到1970年代都还是一个谜。后来温斯顿·丘吉尔亲自下达一项销毁命令，将巨像计算机全都拆解成巴掌大小的废铁，巨像计算机因此在许多计算机历史里都未留下一纸纪录。

秘密工作结束后，布莱切利庄园废弃。比尔·图特后来在加拿大的滑铁卢大学继续研究计算机数学，在80岁生日的一堂课上，才终于讲出金枪鱼机器的故事。1987年，他成为了皇家学会院士，但却从未收到来自故乡英国的表彰。1992年，比尔·图特逝世，享年84岁。

战后弗拉沃斯获得首席发明家奖，返回邮政研究所。后来他发明了一种电子开关系统，成为长途电话拨号（STD）电话系统的先驱。几十年来，他深自缄默，甚至连家人也毫不知情。直到70年代，他曾担任的角色才被人探知。1977年，弗拉沃斯被纽卡斯尔大学授予名誉博士。1980年，邮政局授予他第一枚迟到的奖章，在计算机兴起的90年代，他给自己买了一台电脑，并在当地报了一门"信息处理课程"。1993年，他拿到这门课的毕业证书时，已经87岁了。他的家乡有一条以他名字命名的街道和已经废弃的IT中心，他一直与妻子和两个儿子生活在一起，直至1998年逝世，终年92岁。

1992年布莱切利庄园被米尔顿·凯恩斯自治市镇议会率先划作保育地域，成立信托基金，并开始改造成为一座以密码学为主题的博物馆，1993年博物馆对外开放。在科学家萨勒领导下，人们重新建造一台巨像电脑。由于巨像设计图已全部销毁，萨勒几得根据照片，用计算机三维图形设计技术重绘图纸。但因老式电子管的稀缺，复原工作至今尚未全部完成。

⑩ ENIAC

即电子数字积分计算机 Electronic Numerical

Integrator And Calculator，是世界上最早的计算机之一，研发于二战时期，其初衷是用于弹道计算。

二战期间，美国陆军军械部在马里兰州阿伯丁设立了"弹道研究实验室"，任务是通过运算量庞大的线性方程组求解完成弹道检验。在没有计算机的时代，其工作量非常巨大，因此研制一种可取代传统计算工具解决快速计算问题的机器迫在眉睫。

1942年，宾夕法尼亚大学莫尔电机工程学院的莫希利提出电子计算机的初始设想——"高速电子管计算装置的使用"，期望用电子管代替继电器以提高机器的计算速度。美国军方立即成立了以莫希利、埃克特为首的研制小组。

1944年，数学家冯·诺依曼（图灵的博士生导师）因曼哈顿计划中的问题加入小组。据说在一次关于离散变量自动电子计算机（EDVAC）的设计会议中，冯·诺依曼灵感爆发画出了ENICA设计草图，并开始创作其整体报告《EDVAC报告书的第一份草案》（*First Draft of a Report on the EDVAC*），这便是冯·诺依曼结构。而后依照该结构制造的计算机被称为冯·诺依曼计算机，也是现代计算机的根基。

在此构架支持下，1946年ENIAC诞生，该机型可以按照编写的程序自动执行算术、逻辑运算和数据存储。首次为ENIAC完成编译的是六位女性：凯·麦克纳尔蒂、贝蒂·詹宁斯、贝蒂·斯奈德、玛琳·韦斯科夫、弗兰·比拉斯、拉特·利希特曼，她们和艾达·拜伦一样，是机器运算历史中的英雄。

⑪ RSA加密算法

随着数学工具和计算机技术的突飞猛进，电脑已成为破译密码最为强大的武器，那么，有没有一种方式可以造出更厉害的密码，连使计算能力再强大的机器也无法逾越呢？

当然有，因为首先，机器的运算只是源自于人设定的算法，如果用一种人无法实现的算法进行加密，机器自然是解决不了的。其次，即便有一种算法，只要它的时间复杂度高于机器运算能力的上限，依旧会成为破译工作的壁垒，因为提高这个上限是需要成本的，只要这个成本高于密码本身的价值，那便是得不偿失的。

于是时间到了1977年，三位数学家罗纳德·李维斯特、阿迪·萨莫尔和伦纳德·阿德曼一起提出了RSA公钥加密算法，开启了所谓公钥加密的时代，它完美地实现了上述对算法的两点综合。

无论恺撒密文、维热纳方阵还是英格玛密码机的加密方式，都是可以从明文，通过加密算法，到密文这样的过程实现的。而解密过程是对密文运行加密算法的逆运算。因此，加密算法起着至关重要的作用，明文一方及密文一方都必须了解加密算法的全部内容，才可能实现信息的加密和解密。

而公钥加密则完全打破了这种传统方式，它的加密和解密的算法是不对称的。以RSA算法为例，该算法基于两个基本的数学原理，一是模运算及其逆运算的非对称性，二是大数的素数分解与大素数乘法运算的非对称性。

模运算即求余运算，用 Mod 表示，举例：$M = xN + Z$，则 $Z = M \bmod N$。如，$7 = 2 \times 3+1$，可以表示为 $\bmod\,(7, 3) = 1$。在模运算中，不考虑 2 被进行了多少次乘运算（这里是 2 次），只考虑其余数。

通俗来讲，任意整数 M 对固定除数 N，能够得到的余数最多有（$N{-}1$）个，即小于 N 的所有整数（如除以 3 的余数只能是 1 或 2，共 2 个）。当我们知道 N 和余数 Z 时，并不能确定 M 的值，因为我们不知道 x 的值，所以，模运算的逆运算可以得到无穷多 M，即通过 3 和 1 不能得到 7。

大素数分解即对一个非常大的数进行素数分解，根据算数基本定理，任何大于 1 的自然数，要么本身是素数，要么可以分解为几个素数的乘积，且这种分解是唯一的。基于素数的性质，我们很容易得出两个或多个大素数的乘积，但对于一个大数分解素因子，至今应用的方法依旧与两千年前欧几里得的辗转相除法和埃拉托色尼素数筛法相结合的方式大同小异。

有了这两个前提，RSA 加密算法的操作便会非常简单，但却是目前为止人类最为安全的加密系统，下面是对算法的简要介绍：

首先我们需要两个极大的素数 P 和 Q，两素数相乘得 $M = P \cdot Q$，显然 M 是一个极大数。

根据欧拉商数方程求得：$\phi(M) = (P{-}1) \cdot (Q{-}1)$，这个方程中 $\phi(M)$ 表示不大于 M 且与 M 互素的所有整数的个数。可简单证明：对于素数 P、Q，$\phi(P) = P{-}1$，$\phi(Q) = Q{-}1$，根据素数性质，可得 $\phi(P \cdot Q) = (P{-}1) \cdot (Q{-}1)$。

任意选取一个与 $\phi(M)$ 互质且小于 $\phi(M)$ 的自然数 e。

根据欧几里得辗转相除法，可对 e 进行运算使得 $e \cdot x - \phi(M) \cdot y = 1$。从而得到两个自然数 x 和 y。

将 $\phi(M)$ 带入上式，可得 $e \cdot x = (P-1) \cdot (Q-1) \cdot y + 1$。

至此，即可得公钥 M，e 和私钥 x（此时，素数 P、Q 的作用已经完成）。

它的解密过程：原始信息通过转换得到一串数字 A。

对 A 通过公钥 e 进行幂运算，得 A^e，用该数除以公钥 M，可得一个余数 R。

对 R 通过私钥 x 进行幂运算，得 R^x，用该数除以公钥 M，可得一个余数 A。

A 即为原明文信息，但在没有私钥 x 的情况下，仅有公钥 e 和 M 无法得到 A。

RSA 加密系统涉及许多数学原理，但操作极为简便，被广泛应用在信息加密领域中，是目前最为稳固的加密系统。当然，剧中故事设定的情节是 AI 已经发现了素数的终极结构，所以说这种密码成为了历史。

⑫ 石里克、卡尔纳普

石里克：弗里德里希·阿尔伯特·莫里茨·石里克，德国哲学家，逻辑实证主义创始人之一，分析哲学大师。石里克的目光是超前的，对科学和哲学以及二者之间的联系具有深刻的洞察力，他曾是以恩斯特·马赫的"实证主义"思想为主导的维也纳小组中的积极参与者。这一时期的维也纳小组促发了卡尔纳普对世界的逻辑构造的讨论，哥德尔对数学基础及逻辑系统的不完备性的认识，石里克对于普通认识论的思考等重大哲学事件。小组深受马赫影响，爱因斯坦曾坦言自己的狭义相对论深受马赫思想的影响，而石里克则是首先将爱因斯坦相对论思想运用到哲学领域的科学哲学家之一。

1921年维特根斯坦发表《逻辑哲学论》，影响深远。1924年，石里克与维特根斯坦结识，这使维也纳小组发生了重大改变，石里克作为小组主导对维特根斯坦赞赏有加，小组开始深受维特根斯坦思想的影响。可以看出，在他们的时代对于康德认知论有不以为然的倾向，因此早期的分析哲学都坚持超越形而上学的主张。但其实在维特根斯坦的逻辑哲学论中，也可以看到不那么明显的形而上学思想。而石里克不仅对逻辑学做出了巨大贡献，同样对道德哲学有重要见解，他在《道德问题》一书中提倡将道德从哲学中分离。但他最终却死于其学生的刺杀，而行刺者以精神病人的臆想认为石里克教授与他暗恋的一个同样有某种精神异常的女孩有情感瓜葛，此事发生在1936年6月21日，而因当时的政治环境，人们关注更多的是各种舆论下的政治猜测，并非维也纳小组这一哲学史上重要组织的终结。

保罗·鲁道夫·卡尔纳普，符号学及逻辑实证主义哲学大师，维也纳小组的重要成员。他受业于弗雷格，且深受罗素影响，被石里克聘入维也纳大学，并参加谈论小组。卡尔纳普在维也纳小组时期的重要贡献在于对数学、逻辑及语言概念的结构性认识，在他最重要的作品《世界的逻辑结构中》表达了这样的观点：将一切科学领域的概念都分析、还原到直接经验的基础，用"原初经验的相似性记忆"这个基本关系的概念，逐步地给所有其他概念进行定义，这其实是一种元科学，即对科学的再认知。它对科学概念进行解构后的结构，以建立所谓"理性的重构"。自然，这是弗雷格对于逻辑系统，罗素与怀特海对于数学系统所做事业的拓展，卡尔纳普认为，结构层次揭示的是概念的逻辑次序，进而体现了认识的次序，同时它也可将不能还原到经验基础亦即不能加以构造的一切形而上学的概念和命题从哲学中驱逐出去。而这其实与马赫的观点相左的是，他坚持从数学而非心理学的角度去解释现象，这也是早期的逻辑实证主义秉持的纲领。卡尔纳普的逻辑结构思想影响巨大，何兆武先生的《上学记》中，曾有一段对王浩的描述，说后者在高中时代便开始阅读这部作品的德文原版。

⑬卡尔·波普尔对维特根斯坦的批判

卡尔·波普尔一生将维特根斯坦作为自己智识上的对手，可以说，他以维特根斯坦并未深入关注的社会学领域进入维也纳小组，而后他的工作，尤其是通过"可证伪性"的判定标准，及因之而建立的"问题－猜想－反驳"机制，走向了认知论的深层。

维也纳小组的逻辑实证主义认为哲学问题可以通过逻辑实证方式进行规约，维特根斯坦更加进一步认为哲学问题包括数学问题都可规约成语言批判和语言意义的问题，向前一步，这无疑又触及到认识论层面。正如哥德尔所说："人们可以通过语言相互理解是不可思议的。"

维也纳小组有不容于康德哲学的倾向，但维特根斯坦用"对不可言说的，须保持沉默"的态度，从表层上试图将哲学与形而上学进行了分离，但其实这更类似于康德用"二律背反"定律为理性划出的界限。人们难以超越这一界限，而哲学的一大目标就是了解这一界限，即认知论，用康德的话说，便是科学如何可能及数学如何可能。

康德对理性的探索源于对休谟怀疑论的批判，休谟怀疑论的核心问题便是对于归纳法的质疑，而这也正是卡尔·波普尔最早涉及的哲学领域。

维特根斯坦认为，归纳法是一种主观选择性形成的习惯。"将来的事件不能从现在的事件中推论出来，相信因果律是一种迷信""归纳法是我们采取能与我们的经验相协调的最简单的规律，但它没有逻辑基础，只有心理学基础。"

对归纳法的质疑其实可以衍生成对科学根基的怀疑。波普尔是一位科学哲学大师，当代科学有过深入研究，曾受到爱因斯坦的赞扬，这便是他最重要的工作之一，他将对科学的判定问题放入到新的框架中，即科学具有可证伪性，而非科学则不具有。

简而言之，它认为通过经验、逻辑、观察形成的知识都无法保证其完全的真，因为经验、逻辑、感觉所得到的都是个例，而人们无法保障不会存在反例，且一旦出现反例，之前通过这些方法建立的理论则会失败。因而它认为科学只能被证伪。

但理性至上的实证主义则认为，经验科学命题，它可以由经验证实，形式科学（数学和逻辑）命题，可以通过逻辑演算检验。逻辑实证主义者认为可以通过逻辑方式消除"形而上学"问题他们认为这些"虚假问题"是"乱用语言"所致。

二者的冲突是显然的。当然,逻辑系统最终被其不完备性所限定,但波普尔的证伪主义也从某种意义上提供了比实证主义更为可靠的方法,用他自己的话说是"扼杀了逻辑实证主义"。这多少有夸大之嫌,但有一点是明确的,无论是实证主义还是证伪主义,其实都是对理性问题涉及到无穷这一概念时的不同解释,但它们都无法突破这一局限,对于穷举的挑战,无疑又回到休谟关于是否明天还会有太阳升起这一问题的质疑中,它显然处于了理性的边缘。

二者虽然是对元科学问题探讨,但却并不能够指导新的科学知识的发现,就像哥德尔的不完备定理对数学的发展影响微弱一样,因此我们应该看到,在对真理的探索中,人的直觉和非经验的被成为灵感的东西是极其重要的。

⑭ 跳入到黑暗中

维特根斯坦在思想过程中时常会出现怪异的行为,他的肢体语言和行为表现甚至成为当时剑桥大学的模仿对象。据说有一次黑夜他跟罗素聊天,突然想到一个问题,便立即停止,陷入到对问题的深刻思考中,并对罗素说,他如果想明白这个问题,就从窗户跳下去。

英格玛I
第四幕

① 纪德曾在《人间食粮》中写道

别人纷纷发表著作，或者工作钻研，我却相反，漫游三年，力图忘掉我所博闻强记的东西。这一退还学识的过程，既缓慢又艰难，不过，退还了人们灌输给我的全部知识，对我更有裨益：一种教育这才真正开始。

② 阿西莫夫的机器人三定律

定律以简要为美，美国科普和科幻大师艾萨克·阿西莫夫，在1950年的作品《我，机器人》中，提到了未来智能机器必须遵循的三大定律。并以这三大定律作为概述的引言，日后的科幻文学界将其奉为涉及人工智能领域的道德圭臬。

第一定律：机器人不得伤害人，并且不得使人承受被伤害的处境。

第二定律：机器人必须服从人给予的命令，当该命令与第一定律冲突除外。

第三定律：机器人在不违反第一、第二定律的情况下必须保护自己的生存。

而后，阿西莫夫依照《罗马帝国衰亡史》的体例构建了恢宏浩大的《银河帝国》系列，该系列已将《我，机器人》囊括，但有一部《机器人与帝国》中提出了第零定律，即机器人必须保护人类的整体利益不受伤害，其他三定律都是在这一前提下才能成立。

③ 同巢文明

一些集群生活的昆虫，会呈现出明显的集群协调性和内部分化，它们类似于以同巢为单位形成的简单社会体系或文明体系，这些昆虫称为社会性昆虫，这种现象曾被称为同巢文明。比较常见的同巢文明如白蚁、蚂蚁、蜜蜂等，同巢为单位，它们会表现出单个个体明显不具有的"智能"，从目的性看，这种智能拥有一些与我们所认同的智能相同的属性，例如它具有保护自我的功能，甚至为了智能整体而牺牲个体，这种现象叫作超个体行为，而个体成员离开同巢社会则难以生存。

④ 亨佩尔的黑色乌鸦悖论

黑乌鸦悖论是20世纪40年代德国逻辑学家卡尔·古斯塔夫·亨佩尔为了说明归纳法违反直觉而提出的一个悖论。

亨佩尔给出了归纳法原理的一个例子："所有乌鸦都是黑色的"的论断。我们可以出去观察成千上万只乌鸦，然后发现他们都是黑的。在每一次观察之后，我们对"所有乌鸦都是黑的"的信任度会逐渐提高。归纳法原理在这里看起来是合理的。

现在问题出现了。"所有乌鸦都是黑的"这一论断在逻辑上和"所有不是黑色的东西不是乌鸦"（其逆否命题）等价。如果我们观察到一只红苹果，它不是黑色的，也不是乌鸦，那么这次观察必会增加我们对"所有不是黑色的东西不是乌鸦"的信任度，因此更加确信"所有的乌鸦都是黑色的"。

另一些哲学家则开始质疑"等价原理"：也许红苹果能够增加我们对论断"所有不是黑色的东西不是乌鸦"的信任度，而不增加我们对"所有乌鸦都是黑色的"信任。这个提议受到质疑，因为你不能对等价的两个命题有不同的信任度，如果你知道他们都是真的或都是假的。

解决它和直觉的冲突，哲学家们提出了一些方法。美国逻辑学家纳尔逊·古德曼建议对我们的推理添加一些限制，比如永远不要考虑支持论断"所有P满足Q"且同时也支持"没有P满足非Q"的实例。

其后的威拉德·冯·奥曼·蒯因，使用术语"不可投射的谓语"来描述这些类似于"乌鸦"和"黑色"的命题，所有这类命题是支持归纳推理法的；而非"不可投射的谓语"则为与之相反的后者，如"非黑"和"非乌鸦"这些命题并不支持归纳推理法。

蒯因还提出一个需要证实的猜想：如果任何命题是"不可投射的"；在无限物件组成的全集中，一个"不可投射的"命题的补集永远是非"不可投射的"。这样一来，虽然"所有乌鸦都是黑色的"和"所有不是黑色的东西都不是乌鸦"这两个命题所拥有的信任度必须相等，但只有"黑色的乌鸦"才能同时增加两者的信任度，而"非黑色的非乌鸦"并不增加任何一个命题的信任度。

还有些哲学家认为其实这个命题是完全正确的，出错的是我们自己的逻辑。其实观察到一个红色的苹果确实会增加乌鸦都是黑色的可能性。这就相当于：如果有人把宇宙中所有不是黑的物体都给你看，而你发现所有的物体都不是乌鸦，那你就完全可以断定所有乌鸦都是黑色的了。这个悖论看上去荒谬，只是因为宇宙中"不是黑色的"物体远远多于"乌鸦"，所以发现一个"不是黑色的"物体只增加了极其微小的对于"乌鸦都是黑色的"的信任度，而相对而言，每发现一只黑色的乌鸦就是一个有力的证据了。

罗素曾称赞其巧妙并试图解决这个问题，归根结底，这依旧是一个归纳法的有效性问题。在对于归纳法的批判中，罗素曾设计了一只火鸡的故事。火鸡通过归纳法发现每天上午主人都会给它喂食，然而圣诞节前它的归纳法失败了，因为主人杀掉了它。罗素开玩笑地说，这只火鸡是怎么也"归纳"不出终有一天自己会被主人拧断脖子。而维特根斯坦在《逻辑哲学论》中也对归纳法进行了阐述："归纳过程没有逻辑基础，而只有心理学的基础。"

显然，对于卡尔·波普尔来说，黑乌鸦悖论的一个重要启示在于，对于我们所试图探索的科学真理，是采用证实的路径还是采用证伪的路径。这两种路径的目的是一致的，但作为对科学问题的判定，体现在方法论的有效性上，波普尔通过分析，最终得出了他在科学哲学领域中最重要的发现之一——证伪原则。

⑤毁灭了以赛亚·柏林的学术生涯

据说有一次年迈的以赛亚·柏林受罗素之邀参加道德科学俱乐部的演讲，仅仅开始了几句话便被维特根斯坦粗暴地打断。而当时柏林年事已高，此后几乎便没有再进行重要的学术活动。

英格玛 I

第五幕

① 分形数学

现代分形数学建立在将数域扩大到复数的基础上。直观上看，它使得人们可以通过简单的规则，构造出复杂的系统，如同元胞自动机和冯·科赫曲线等结构。

以冯·科赫曲线的构造为例，选取一条长度为 1 单位的线段，做线段的三等分，然后将中间部分向外延伸做等边三角形，显然，其边长为 1/3。以这样的方式不断对新的线段作用下去（迭代），如此构造的曲线便是一个分形。

其实这种分形图形和思想从毕达哥拉斯时代就已经出现，毕达哥拉斯曾经构建出一个叫毕达哥拉斯树的图形，与冯·科赫曲线类似，只是其迭代的方式建立在勾股定理的基础上。

分形表明当简单规则在足够多次的重复发生后，会产生自组织化的产物，这便是混沌理论的精髓。人们可以完全地理解其规则，但无法基于复杂的当前情况判定在该规则下产生的未来的变化。

而现代分形数学则是建立在复数运算的基础上，从二维直线视角下看，等同于向量的运算，从三维平面视角下看，则会发生角度与长度同步的改变，

数学家阿德里安·杜阿蒂第一次用分形制作了数学动画，他称该图形为兔子。1975年，数学家曼德布罗特（这个名字反过来正是托博列南国一词的来源，它指的是一个虚构的具有分形结构的国家）出版了关于分形几何的专著《分形、机遇和维数》，这标志着现代分形以致分维理论的诞生。

可以这样通俗地理解：复数能够进行与实数相同的运算，包括加法、乘法和幂运算，将这些运算作用于一个图形，能够产生平移、旋转、缩放等变化，从而引起图形所包含的直线间角度、长度等变化，但是有一点是不变的，即其形状。也就是说无论图形放大、缩小或者扭曲多么严重，观察它的一个足够小的范围，圆形依旧是圆形，方形依旧是方形，只要它足够小。这种变化有点像哈哈镜，想象哈哈镜无论怎样对你的影像进行改变，它上面的每一部分依旧与原本的你进行了一一对应（映射），数学家们称这种变化为全纯的或者同构的。

阿德里安·杜阿蒂将一个图形进行在复数域上的幂运算（$Z \rightarrow Z^2$）。因为1的平方（或者任意次幂）都不会改变，因此，会有一个半径为1的单位圆保持不变。将这个作用进行多次重复［即迭代：$Z \rightarrow Z^2 \rightarrow (Z^2)^2 \rightarrow \cdots$］，这个单位圆划定的界限是不变的，但因为圆里面的数小于1，它的指数越增加，产生的数值将会越小；圆外面则

相反，指数越大，数值越大。数学家们称圆里面的部分为朱利亚集。随着指数不断增加，单位圆外面的数越来越远离朱利亚集。

进而，数学家进行更复杂的运算，在幂运算后加上一个复数 C（$Z \rightarrow Z^2 + C$），并且进行迭代，对于每个 C 都有一个朱利亚集，运算后朱利亚集发生了改变，成为了对应于 C 的特定的图形。而根据其同构的性质，每一个小部分都保持着它们原有的形状，这个新朱利亚集形成的图形便是一个分形结构。而数学家曼德布罗特则首先研究了 C 的结构，因此 C 的集合被称为曼德布罗特，这便是托博列南国。

今天通过电脑技术，托博列南国令人心旷神怡之美可以一览无余地展现出来，从整体上看，这些分形几何图形几乎是没有规则的，就像海岸线和山川的形状，但是进入足够小的尺度，却可以看到其内部结构处处都是同构的，呈现出一致的、简洁的规则。

随着分形理论的发展，甚至产生出分维等理论，带来更为复杂的结构，但它的最初思想却是一致的，这也体现了分形本身的一致性。据曼德布罗特教授说，分形（fractal）一词是 1975 年一个寂静的夏夜，他在冥思苦想之余偶翻他儿子的拉丁文字典时突然想到的。此词源于拉丁文形容词 fractus，对应的拉丁文动词是 frangere（破碎、产生无规则碎片之意），与英文的 fraction（碎片、分数）及 fragment（碎片）有相同的词根。因此分形（fractal）要表达的本意是不规则的、破碎的、分数的。

但这一理论却描绘了许多复杂的结构和自然现象，

如海岸的弯曲、云朵的变幻，它联系着数学中重要的混沌理论，在描绘复杂动力系统的规则性方面作用巨大。通过简单构造复杂，将复杂化约为简洁，这正是数学家们的职责，而它可以用来描绘人的思维的形成吗？就像通过简单的构造，人的神经元中的电子传输规则，来描述这座精妙的意识大厦呢？

②将人从宇宙的中心移出

罗素在《西方哲学史》中说到，17世纪的科学大爆炸对于哲学至关重要的影响在于它将人从宇宙中心位置移出。但哥白尼认为，宇宙中并不存在特殊的观察者，人类也并不处于宇宙中的某个特殊位置——宇宙中心当然是一个非常特殊的地方。

随着人们对于宇宙的不断深入了解，这一理念与宇宙学原理不谋而合，因为从目前的观测来看，宇宙的任何角落都是各向同性的并且是均匀的，只有如此，才能构成一种客观性，即它不因主观的视角而变化。

这也引发了一些悖论，例如奥伯斯佯谬或费米悖论，但随着大爆炸等假说的初步验证，前者反向支持了宇宙各向相同性的结论，后者从文明相对于宇宙的时间长度的对比中提出基于概率的数学解答。这都源于哥白尼对宇宙最初的观测和解释，宇宙学原理被视为哥白尼理念的一种客观成因，也是宇宙学走向现代化的标志。而从哲学史上看，正是有了这种认知上的进步，才将科学置于了神学和形而上学之前，成为影响人类发展的最重要因素。

③ 该疯的疯掉，该死的死去，该被遗忘的

数理逻辑史上充满了悲情的天才，他们在触摸无穷的道路上，为人类奉献了所有，罗素也是这些天才时刻的亲历者。

④ 阿奎那对上帝的证明

托马斯·阿奎那在《神学大全》中提出了关于上帝存在的五个证明，简称"五路"。五路具有一定的逻辑性，因此也启发了后世包括笛卡尔等人对上帝存在的证明思路。

第一个证明：依据事物的运动

我们可以感觉到有些事物在运动。运动是一个事实，究其原因，一事物运动的原因在于另一事物的推动，每一推动者又被其他事物所推动，由此构成了运动的系列。这个运动的系列最初必然有一个不动的推动者，他启动了整个系列，自己却不受任何东西的推动，这第一推动者就是上帝。

第二个证明：依据事物的动力因

经验告诉我们，没有事物是自身的动力因。每一个事物都以一个先在的事物为推动因，由此上溯，必然有一个终极的动力因，因为一个序列如果没有一个开端，就不会有过程和结局。我们肯定动力因序列是有限的，存在一个终极动力因，这就是上帝。

第三个证明：依据可能性与必然性的关系

它包括两步。首先，由可能存在推导必然存在；然后，由事物的必然存在推导自因的必然存在。如果追

溯事物必然存在的原因，最后必然会到达一个终极的必然存在，这个必然存在的终极原因或自因就是上帝。

第四个证明：依据事物完善性的等级

它包括两步。首先，证明有一个最完善的东西的存在；然后，证明这个最完善的东西是其他事物完善性的原因。在完善序列中，比较完善的事物是低一级事物的原因，最完善的事物是所有不同程度的完善事物的终极原因，同理必定有一个最完善的事物作为所有事物的存在及其他完善性的原因，我们称之为上帝。

第五个证明：依据自然的目的性

即使无理性的自然物也朝向一个目的活动，它们遵循可以达到最佳后果的同一条路线活动。它的活动的目的性和齐一性证明它们的活动是有预谋的。预谋需要知识与智慧，必然存在一个存在者指导自然物朝向他们的目的活动，这个存在者就是上帝。

阿奎那认为，知识有两种。一种是"求得的知识""本性的知识"，就是哲学，是来自自然界的；另一种是"启示的知识""超性的知识"，就是神学。1274年3月7日，阿奎那因病去世，获得了教会赐予的"天使博士"头衔。但丁在《神曲》中，将阿奎那布置在第四层天堂，与其他伟大的宗教思想家并列。1323年6月18日，天主教教会正式宣布将阿奎那封为圣人。其《神学大全》被教会视为最重要的著作之一，甚至与圣经和教谕并列。1879年8月4日，教皇通谕指出：阿奎那的神学是构成天主教思想的关键著作，所有的天主教学院和大学都必须教导阿奎那的理论。1880年，阿奎那被封为所有天主教教育机构的主保圣人。

⑤ 洛伦兹吸引子

从无序到有序，之间经历了怎样的变化呢？混沌是否存在边界？戴森曾在《飞鸟与青蛙》中讲述了这样一个故事：冯·诺依曼晚年继续热衷于计算科学的研究，甚至亲手制作计算机。当时他对两个领域非常感兴趣，即氢弹和气象学，对于用计算机解决变化莫测的天气问题这一设想充满希望，他认为"计算机将使我们能够在任何时刻将大气划分为稳定域和不稳定域。我们可以预测稳定域，我们能够控制不稳定域"。

冯·诺伊曼当然错了，他错在不知道混沌。我们现在明白，当大气运动局部不稳定时，实际上常常是发生了混沌。"混沌"意味着刚开始聚拢在一起运动会随着时间推进而呈指数般离散。当运动成为混沌时，它就不可预测，小扰动不可能将之推向可预测的稳定运动，而通常是将之推向另一种同样不可预测的混沌运动。

例如大气这样的流体，如果精确地表达它的运动，也就是天气的变化，需要诸多数据，譬如每个高度上每个点的速度、密度、压强、温度等等。这些物理量都是时刻改变的，精确了解其完整数据对于现在的科学是不可能实现的任务。

1963年，洛伦兹将问题做了简化之简化，大量简化后将问题规约为只包含三个变量的方程，用空间坐标中的向量运动模拟诸如温度、气压、湿度等变化。它引发的首要问题是，这一模型对现实情况有多大可参考性。其次，即便忽略其真实性，另一个更为影响深远的问题出现了，对于一组参数几乎相同的数据，经过这三组方程的简单作用后，起初还可以预测，但某一点之后，一种未知的影响使两个数据发生了剧烈分化。这便是混沌，它依赖于初始条件，即便再小的差别经过多次运算后总会产生巨大不同，混沌总会出现。

事实上，早在1943年在剑桥的一次演讲中，数学家玛丽·卡特赖特描述了同样的现象，比洛伦兹早20年。而1972年，洛伦兹在进行一次学术演讲时，主办方自作主张给他拟定了演讲题目"蝴蝶效应"，这便是经常会出现在我们身边的混沌理论的通俗表达：北美洲的一只蝴蝶扇动翅膀，北京的上空就要下雨，它形象地表现了一种作用经过大量累加后产生的效果，也给人一种来事不可知的期待，而实际上混沌效应远复杂于此。

洛伦兹发现，虽然在最初的混沌发生时，的确会产生无法预期的混乱度的增加。但随着混沌继续发挥作用，两组原始数据受初始状态的影响变得愈发微弱，而是被一种神秘的力量吸引着，使它们相对彼此产生了规律性的变化，这一变化通过模拟其轨迹，如同蝴蝶的两只翅膀，它被称为洛伦兹吸引子，是另一只更为形象的蝴蝶。同时，更多的数据在进入这三组方程的作用后，都会最终落入上面那只蝴蝶的翅膀中，这只蝴蝶才是数学家们所研究的蝴蝶。

数学家的蝴蝶其实正是大众所熟知的那只蝴蝶的界限，虽然我们处于混沌之中，但即便北美的蝴蝶再怎样扇动翅膀，也不会看到北京大雨不停或者六月飞雪。同理，我们所处的世界也是无时不刻在混沌中，太阳系中各行星的运动是一种混沌，"但行星从来不会在远离它们所熟悉的地区漫游，因此，太阳系作为一个整体从来不曾分崩离析。尽管混沌无处不在，但拉普拉斯将太阳系当作像时钟运动一样完美的观点离事实并不遥远"。

混沌形成的原因和内部动力，是数学家们思考的问题。70年代，对混沌学的研究有了诸多发展，台湾数学家李天岩和导师吉姆·约克证明，当将混沌作用看作粒子轨道时，点位置的变化会存在一定周期，当这个周期等于三，则它也会包含所有的周期，从而导致混沌。同时，数学家伯曼、古根海姆、威廉斯和塔克通过对纸带模型的研究和证明，将洛伦兹吸引子的现象简化为粒子运动轨迹的周期性演变。

当然，对于混沌和弱混沌理论的研究还需不断深入，从科学的角度它是极其有用的。并且当我们从一种更人文的角度看，混沌使得系统中每个单一个体的作用获得了彰显，它意味着世界不是被某种决定论所设定的，并且，它整体的变化也会受到一种限制和约束，不会太混乱，但每个个体都有其作用，这难道不是人们所希望看到的结果吗？

英格玛I
第六幕

① 浸泡在缸中的大脑

中国哲学中有庄生晓梦迷蝴蝶的玄妙，中国文学中有"临川四梦"的精彩，这些故事直至现在依旧延续着人们的想象和思索。博尔赫斯曾写过一篇叫作《过河拆桥》的故事，芥川龙之介有一篇叫作《魔术》的故事，杰弗里·福特有一篇科幻小说，叫《冰激凌王国》，讲述了一个建立于"共感"的梦境，赛博朋克鼻祖威廉·吉布森开创了《精神浪游者》的世界，而到了现代的信息时代，随着计算机技术的发展，更多的不同形式的梦境建立起来。这些相同的架构与主题都指向了一个质疑，如果梦境可以产生出完整的世界观将会如何？或者，我们是否存在于梦境之中。当然，这些故事并未将梦境延伸至故事之外的世界进行更深的追问。

但哲学家和神学家会这样去做，印度神话中有神名曰梵天，时间、物质及存在都只是他的一场梦，我们的肉体及意识都是这个梦境的产物，如果梵天醒来，世界的一切便会消失。与此相同，柏拉图曾提出他那著名的洞穴悖论，可以通俗理解为，我们感知（看到）的世界，都是更高层的世界的投影，我们是在其影子的洞穴中，如无法走出去，便永远无法知晓真实。而在笛卡尔那里，他设计了一个笛卡尔妖怪悖论，假设有一个妖怪创造了虚构的世界，且世界中包括"我"，显然，"我"是受虚假世界欺骗的，因为"我"无法知晓真实。进而，产生了如下的三段论：如果"我"的存在被消除，那么"我"便无法进行思考，进而笛卡尔妖便不能再欺骗"我"，即虚构的世界对于"我"也将不存在。而上述"不存在，则无法思考"这一推论，转换成与它等价的逆否命题正是笛卡尔那句著名的断言："我思，故我在。"无论是神话，还是笛卡尔的证明，这一切都从根本上质疑着世界存在的客观性。

1981年，普林斯顿教授希拉里·普特南在他的《理性，真理与历史》一书中首次提出了"缸中之脑"的思想实验，这是一个终极的假想，它实质上是在一个高于存在这个词义的维度上（对影子世界而言的真实世界）进行的质疑：实验假设了这样的情形，一只装有营养液的缸中维系着大脑的生命，超级计算机向大脑传输电子信号，大脑所感知的世界只是一种虚拟现实，则，此人脑能否意识到自己存在于虚拟现实之中？在书中，作者普特南断言我们不是缸中之脑，所用的方法是语义分析的归谬法。

假设，我是缸中之脑，当我说到一个概念时，它对应一个实体，比如书本，指使由纸张装订成的"那个"

东西。当然，缸中之脑外面的真实世界不一定存在书本这样一种东西，这种东西是外部世界的电脑信号在我的认知中虚构的。

进而作者将语言划分为"缸内语言"和"缸外语言"两种：在缸外语言中，书本还是那个纸张装订的物理实体；而缸内语言中，它是一种电信号，它形成了我们对书本的认知和反应。进而，"缸中之脑"一词在缸外语言中显然代表一个器皿中的一个生物器官；在缸内语言中，则是另一种电信号。但缸中之脑不是电信号，而是一个物理实体，因此，我不是缸中之脑。显然，这一说法存在巨大的纰漏：如果令缸中之脑意识到的结论更精确地表达为"我是缸外语言所说的那种缸中之脑"，便消除了这一影响。

有没有另一种方法同样产生归谬的效果呢？我们去除语言分析部分，直接地对其所指进行分析。那么，依旧假设，"我是缸中之脑"成立。分析其意指，"缸中之脑"这个概念是怎么产生的？显然，它是缸中之脑接受的一个外部信息。因此，必然使缸中之脑接受"缸中之脑"的概念以对其自身进行描述，而这个接收概念的过程，也应该是原有的缸中之脑要接受的一个信息，以此类推，接受这个"接受概念过程"的过程，又会是另一个·接受过程，从而对应另一个信息。至此，它势必造成无限的迭代，这种迭代就像中国哲学中的"子非鱼"悖论一样，无穷无尽，因此无法完成。所以，我是缸中之脑是一个无法完成的判定。

或者我们可以将其稍作形式化处理，通过集合论表达如下：

A 表示缸中之脑可以得到的全部知识，B 表示缸中之脑无法获知的外部世界的知识。

则应有如下规则：A 即 A 认识的全部世界，因此 A 显然无法感知 A 之外的知识 B。

显然，A 的全部知识正是来自 A 之外的信息 B（电脑信号），所以，A 的知识中包含了 A 无法感知的知识 B（存在）这一信息，因此，A 无法感知 A 的全部世界的知识，与 A 即 A 的全部世界相冲突。因此，A 是不一致（存在矛盾）的，因此，A 即 A 的全部知识也是可疑的，它表达的正是"我是缸中之脑"。

但是，这种形式化显然也存在漏洞，我们可以加入如下限定：

A 是 A 的全部知识，其中包括 A 的知识来自它不可知的 B 这样一条知识。

如此规定，B 虽不可知，但却是 A 中的一个知识，于是矛盾便消除了，就像全能的上帝能否算出上帝无法算出的谜题一样，它不再具有真实的逻辑错误，而只是一个语言上的误用，稍做形式化如下：

大前提：全能的上帝可以算出所有谜题；

小前提："上帝不能算出的谜题"属于所有谜题的一个，它是（或叫作、被称为）"上帝不能算出的谜题"；

结论：上帝可以算出"上帝不能算出的谜题"。

这一悖论通过规范语言可以消除。

所以，最终缸中之脑的问题可以转化成这样一个问题：如果我们的知识是假的，我们可以通过这些知识推导出它是假的吗？我时常会思考这样一个情况，唯我主义者认为，当他消失了，宇宙的一切也会消失。为何如此呢？某种意义上，它在于对客观性的真实掌握得不够充分，就像笛卡尔的知识圆圈一样，笛卡尔说越是学习越发现自己无知，知识像是一个圆圈，当我们用知识将这个圆圈撑大，它的边缘也会接触到更多未知。对应于唯我主义者的认知，当他发现了更多的未知，便一定会越发意识到自己没有这样的能力，即通过自己的"梦境"之类造出这样一个世界，使这个世界对自己来说如此不可思议，充满了自己经验之外甚至直觉之外的东西。譬如，当一个没有任何数论基础的人，读到了哥德尔不完备定理的证明，如果他还具有理性分析的能力，便肯定会得出"这一知识源自于我的知识体系外部"的结论，因而，他无法构造整个世界，使其产生它无法构造的真理。

这就像上帝自然无法解开那些不可解的谜题一般，在这个实在的表述中，上帝的全能才有意义，因为他的全能正是在于，他在可解的问题这一限定下才是全能的。于此同理，缸中之脑也仅能在自己无法感知自己是否缸中之脑的前提下，才可能对这个问题存在质疑（否则就是确定性的），所以，这个问题对于缸中之脑的存在是自洽的。

但这种逻辑的自洽却似乎依旧没有触及到它的本质，因为 A 完全可以包含这样一个知识，即：A 中所遵循的理性的法则也是 A 虚构的。在唯我主义者看来这成为了对理性进行否定的原因。比如，我不懂得数论，也了解了哥德尔证明，但我不承认它，因为哥德尔正确与否以及它的证明过程都仍然可以认为是我的虚构。

终于，我们进入到了一个完全黑暗的地带。我猜这大概就是陷入疯癫的状态，它毁灭了理性，消除了逻辑的作用。也许对于疯癫者来说，我们真的是不存在的，而每个人都可以陷入到疯癫，进而否定他人对我们存在的否定，因此我们都还在。而一旦进入这一区域，再继续通过逻辑探索也毫无意义，这就是理性的界限。因此，我们无论如何都会质疑真实世界的可能性，这就像一个惯性系，它真实与否，对于我们几乎毫无影响，我们不知道自己是在匀速的火车上还是在平地上，但我们总希望知道。而一旦跳下火车，我们自己也会摔得粉身碎骨，比如可以虚构这样的小说情节：疯掉的缸中之脑自杀了，然后，他发现自己没有死去，因此，他了解了自己只是电信号的事实。但谁能说清呢，也许它会被格式化，重新装入新的电信号，而那更是一种神秘概念了。

不过历史会有巧合，设计了第一台差分机的巴贝奇死后，其大脑被保存在了一个容器里，当然其目的是为了进行对脑科学的研究，但这无意迎合了缸中之脑的悖论。

②这段文字出自萧伯纳的《千岁人》。

英格玛 II
第一幕

① 关于纳喀索斯

纳喀索斯是古希腊神话中的一位美少年，是河神刻菲索斯与妻子水神利里俄珀的儿子，他出生后，父母去求神示，想知道他将来的命运。神示说："不可使他认识自己。"后来，纳喀索斯到林中打猎，发现了一片清澈的湖水，湖水中他看到自己的影子，如此美丽，于是他爱上自己的倒影，并与他相伴，直至化成一棵水仙。

②《论无神论之必然》

1811年初，在牛津大学读书的雪莱受到启蒙思想尤其是唯物主义思潮的熏陶，做了一件"大逆不道"的事情，发表了名为《论无神论之必然》的小册子。此书立即引起了校方和虔诚的宗教信徒们的不满，虽然雪莱仍然相信创造并引导万物的神，并自称是基督徒，而只是想用"无神论"一次嘲笑那些没有对多神论的包容心的偏激者，但此书依旧难逃被禁的命运。几天后，作者雪莱被邀请参加一次清教徒组织的会议，桀骜不驯的他当即被开除，并被剥夺转入其他大学的权利。雪莱的父亲蒂莫西希望雪莱回心转意，然而最终父子也未能和解，雪莱拒绝回到菲尔德庄园，蒂莫西先生也拒绝为他提供任何形式的生活费用。直至两年后，雪莱因家庭原因试图与父亲和解，但父亲的条件是雪莱必须对伊顿公学和牛津大学表示公开悔过。这激怒了雪莱，他决绝地不在认罪书上签字，并表明自己的态度："我尚未低三下四到会否认我一向认为正确无误的思想的这种地步。任何一个头脑健全的人都应该懂得，从命放弃严肃的信仰，终究是为人极不正直的表现。……如果人没有这种尊严，活着也就不再有什么意义，只会是一种重负和屈辱而已。"雪莱保全了自己的尊严和信仰，但和解的失败也为其埋下了更多家庭矛盾。

③雪莱的1814年

经历了与学校和家庭决裂后的雪莱，四处漂泊，居无定所，又在五个月后，与哈丽艾特·威斯特勃鲁克私奔，随即举办了婚礼。1812年末，他们拜访了葛德文夫妇，葛德文是一位儿童读物的出版商、记者、评论家和无政府主义者，他经营一家书店，但他们生活并不景气，他提倡取消法律，但行为上小心谨慎，他渴望结识虽然此时落魄但依旧具有贵族身份和年金的雪莱。雪莱此时刚刚发表《告爱尔兰同胞书》作为其思想的宣言，葛德文的两个女儿立即被其英俊的形象、浪漫的气质和纯粹的理念所吸引，但此时玛丽还不在。不久后雪莱写出了第一篇杰作《麦布女王》，诗中用强烈的理想主义色彩描绘了未来世界天下大同、丰衣足食，在科学和理性之下的人类场景，此时雪莱深受早期空想社会主义思潮的影响。而在生活上，哈丽艾特和雪莱马上要有自己的孩子，迫于经济压力，她希望过一个正常的"男爵夫人"的生活，她强烈希望雪莱与父亲和解，但这最终未能实现。他们的女儿伊恩斯出生后，哈丽艾特愈发难以忍受雪莱对于物质生活不以为意的态度，两人世界观的冲突，导致无法挽回的感情破裂。雪莱为逃避妻子的责难，以葛德文夫妇家为庇护所，这使他得以与玛丽·葛德文，这位女子的美丽、智慧与雪莱的激情、浪漫如同天作之合。在雪莱赠送她的《麦布女王》扉页上，玛丽写道："这本书对我来说是神圣的。除我之外，任何人都不能翻阅，以便我能在书上写下我所乐意写的想法。但是，我将写些什么呢？我是多么地爱这本书的作者，任何言词都难以表达我对他的爱。他是我最亲爱的人儿，是我心中唯一的爱，但一切都使我远离他。我们彼此以爱相许，但我却不能属于你，既然如此，我也决不会属于他人。然而，我终究是属于你的，只属于你一人。"

雪莱与玛丽相互倾慕，而哈丽艾特也成为了别人的情人，雪莱最终不忍痛苦折磨向怀有身孕的哈丽艾特提出离婚。1814年7月，雪莱与玛丽以及玛丽的同父异母的妹妹简逃离英国，途径法国到达瑞士，在那里，玛丽孕育了雪莱的孩子。这一事件导致雪莱的众叛亲离，哈丽艾特精神受到严重打击，四处以雪莱之名借债，以至于他们刚刚回到伦敦不久，雪莱便被债主与警察追得东躲西藏。11月，哈丽艾特生下早产的查尔斯·比希，男爵爵位的最后继承人。而玛丽也因此与言论上激进但行动上保守的父亲葛德文决裂。

④ 雪莱的1816年

1815年，雪莱颠沛流离、债台高筑的生活迎来转机，这年1月，其祖父，83岁的老比希爵士去世了，雪莱成为爵位继承人，他与父亲蒂莫西男爵达成遗产上的协议，获得了能够满足自己"乐趣生活"的资金。但不久后，玛丽早产，孩子夭折，痛苦中雪莱开始创作《阿拉斯特》，那时，他读到了拜伦的《恰尔德·哈洛尔德游记》，并深深为拜伦旷世的才情和挑战世俗道德的不羁行为所吸引，虽然雪莱的爱情更像贾宝玉和柏拉图式的发乎于情止乎于礼的爱。

1816年1月，雪莱和玛丽之子威廉出生，3月，雪莱的长诗《阿拉斯特》发表。这一年夏，拜伦妻子向其提出分居，拜伦本人因文获罪触怒当局，绯闻缠身被上流社会攻击，他一怒之下离开英国前往瑞士。而雪莱夫妇在简的怂恿下亦来到瑞士，简是雪莱的崇拜者，但其实此时她已怀有拜伦的私生子，但她促成了拜伦与雪莱两位天才诗人的相遇，虽然他们在当时社会大众眼中，都是"思想危险分子"，但他们二人彼此惺惺相惜，在那里度过了最美好的时光，创作出不朽的诗篇，在英国文学史上，这个夏天被描述为"多产的夏天"。两位青年诗人的光芒，日后长久地闪耀在了诗歌群星的序列之中。而于此同时，玛丽·雪莱也开始酝酿她开一代风气之先的《弗兰肯斯坦》。

⑤ 拜伦的《恰尔德·哈洛尔德游记》

> 别了，别了！故国的海岸
>
> 消失在海水尽头；
>
> 汹涛狂啸，晚风悲叹，
>
> 海鸥也惊叫不休。

18世纪末19世纪初的欧洲大陆社会社会动荡，思潮涌动，启蒙运动、法国大革命、工业革命催动着整个文明体系的飞速变迁，拜伦正是这种变迁的亲历者、敏感的思考者和积极的参与者。拜伦不是在文学的象牙塔中以艺术为纲的诗人，而是一位行动者，而他最杰出的长诗的主人公恰尔德·哈洛尔德正是他自己的化身。1809年，拜伦从剑桥大学毕业，以吟游诗人的形象开始了对欧陆文明的游历探险，他追随着往昔"英雄人物"们的足迹，从但丁到卢梭，从法兰西到希腊，一路看到面对时代的大变革，人类世界的种种激情、奋斗、丑恶和美好，这便是他诗歌中编织出的诗情画意的交响曲。

这首长诗1812年首次发表，此时，诗歌还未全部完成，哈洛尔德的足迹还未结束，但最初发表的两章立即轰动英伦、席卷欧陆。长诗第一章主要以西班牙人民反抗拿破仑的斗争为主题，虽然对此表示强烈的支持和同情，但诗人也感到人民反抗运动的悲剧性，他们归根到底不过是统治阶级利益博弈中的棋子，最终的得利者依旧是那些高高在上的君主。

第二章的故事发生在希腊，曾经拥有无限光辉的希腊古国正在遭受土耳其的入侵和奴役。拜伦追忆往昔，那创造了人类文明哲学根基的土地，如今已被满目疮痍的悲凉所覆盖，诗人激励着希腊人民斗争的勇气，用反抗争取自己的自由和幸福。

拜伦对语言的应用登峰造极，信手拈来，全诗以"斯宾塞体"写成，其十四行的范式遵从"a b a b b c b c c d c d e e"的格律，a、b、c、d 交叠押韵形成前 12 行，并以一个与之分离的单一同韵对句单元做结束。三组四诗行发展出三个区分明显但又密切相关的思想，而同韵对句的思想（或评说）则截然不同。斯宾塞体往往用"但是"或"然而"作为第 9 行的开头字，但此处常常并无转折的语义，真正的转变是在同韵对句部分。拜伦的诗歌技巧和与时代息息相关的主题相得益彰，拜伦为恰尔德·哈洛尔德注入了高傲的气质和悲悯的情怀，对欧洲上流社会的伪善和虚假深恶痛绝，而对人民解放事业大声疾呼，呕心沥血。

1816 年，拜伦深陷上流社会的敌意之中，一怒之下去国离乡，途径瑞士，后来到意大利，积极结识了以建立独立自由意大利为纲领的秘密民族主义政党烧炭党的领导人。在意大利，拜伦帮助烧炭党接济穷人，扩大宣传，建立群众基础。不久，他的活动受到奥地利当局的严密监视，但他无所畏惧地继续革命，并参加了 1821 年春烧炭党的武装起义，直至烧炭党斗争失败。那一年的 3 月，拜伦来到希腊，此时希腊西部的人民起义正在巴尔干半岛迅速蔓延。拜伦激情澎湃，希腊曾经的文明光辉再次涌上心头，让他投身到这个古老国度的解放运动中。

1923 年 7 月 16 日，拜伦搁置了《唐璜》的终章，包租一艘英国轮船，从热那亚驶往希腊，随船同去的还有他购置的枪炮弹药、马匹药品等军需物资，拜伦抵达希腊后，开始招兵买马，制定作战计划，与时任迈索隆吉翁总督的亚历山大·马夫罗科扎托斯亲王达成同盟，并肩作战。1824 年 1 月 5 日，拜伦被任命为希腊独立军一个方面军司令，他与士兵一起生活，秣马厉兵。但 2 月初，就在部队出师之际，拜伦却因劳累过度突然病倒，4 月初，又在一次强行军中遭遇暴雨，引发重感冒。医生坚持给他做放血治疗，结果却适得其反，拜伦高烧不退，陷于昏迷。4 月 18 日，拜伦自知不久于人世，无限感慨地说道："不幸的希腊！为了她，我付出我的时间，我的财产，我的健康。现在，又要加上我的性命。"次日傍晚六时许，他在昏迷中呓语："前进——前进——要勇敢！"随即长逝于军帐之中。

希腊政府为拜伦举行了隆重的葬礼，灵柩上放着一柄宝剑、一套盔甲、一顶桂冠，士兵列队肃立街头，牧师高唱赞歌，哀悼活动持续了三周。希腊军民强烈要求将其遗体就地安葬，与他们永远战斗在一起。后经反复研究决定，遗体做防腐处理，由其挚友特里劳尼（这位朋友也是见证了雪莱溺毙的人之一）护送回伦敦，而其心脏留下来，安葬在迈索隆吉翁。

拜伦的精神祖国在纯粹而神圣的古希腊时代，恰如雪莱用无神论者一词挑战了基督教世界虚伪的道德体系一样，拜伦将自己融汇入笔下那风流不羁的唐璜和悲天悯人的恰尔德身上，他放浪形骸、蔑视律法、挑战道德，但却抱有一种对人类诗情画意的无限珍爱，为其剖肝沥胆。拜伦用他天才的创造力赢得了文学历史上的一座丰碑，更用他的理想主义情怀延续着人类创造幸福的坚毅斗志。

⑥ 四个孩子之中的三个

1816年12月，哈丽艾特自杀去世，雪莱倾尽全力使她最后的生活有所保障，但依旧无法扭转这一悲剧。但雪莱得以与玛丽正式结婚，但从1814年他们相遇、相爱、私奔，到1822年7月雪莱在斯贝齐亚海的风暴中溺毙，玛丽陪伴他走过的旅途是充满艰辛和苦难的。他们有四个孩子，哈里特、克莱拉，还有一个小儿子都相继夭折。雪莱死后，1923年，玛丽带着不满三岁的儿子伯熙回到英国，雪莱的父亲蒂莫西男爵对雪莱与玛丽的种种行为充满不齿和失望，对她极为严苛，禁止她张扬雪莱的"劣迹"，否则就断绝接济。但玛丽以其独立顽强的性格，毅然笔耕不辍，成为写出传世之作的专业作家。

⑦ 弗兰肯斯坦就源于那个时刻

据玛丽在《弗兰肯斯坦》的序言中所说，这本书的最初灵感便源于1816年的一个夏夜，当时这些天才们以讲志怪故事消磨时光，激发灵感，其至除了这部作品，波里多利医生还在拜伦的提议下创作了另一部现代神话《吸血鬼》，这是世界上第一部关于人类吸血鬼的小说。

⑧ 就像六年之后，我去了海上，在风浪里泛舟

雪莱乘坐自己建造的小船"唐璜"号出海迎接好友，

遭遇风暴，五天之后尸体才被找到。根据当地法律规定，任何海上漂来的物体都必需付之一炬，雪莱的遗体由拜伦等三位好友以希腊式的仪式布置火化，他们堆了很高的松木，用乳香为其膏身，并在火中撒盐和酒，酒多得快溢成河。据说这种仪式可以让人从骨灰中复活。雪莱的头颅被烧得爆裂，最后，好友从火堆中取出他尚未化烬的心脏，并把骨灰和发白的骸骨装入一只用黑丝绒衬里的骨灰匣中。次年1月，雪莱的骨灰被带回罗马，与生前好友伟大的诗人济慈葬在一处，他的墓志铭是莎士比亚《暴风雨》中的一句诗"他并没有消失什么，不过感受了一次海水的变幻，他成了富丽珍奇的瑰宝"。

⑨ 西庸城堡里的囚徒

西庸城堡在瑞士边境城市蒙特勒附近的日内瓦湖畔，是瑞士最负盛名的古迹之一。它建于11到13世纪之间，最早见诸史书是1150年。"西庸（chillon）"在法文中是"石头"的意思，应得名于它脚下那块凸出湖岸的巨岩。西庸城堡经历代完善，逐渐集兵营、仓库、教堂、宫廷、监狱于一身。1532年，日内瓦圣维克多修道院院长博尼瓦因主张日内瓦独立而被囚禁于此，他被铁锁锁在石柱上长达四年，直至瑞士人攻占古堡才获得解放。1816年，拜伦寻访此地，听闻这段历史而写下《西庸的囚徒》一诗。全诗沉郁顿挫，充满悲凉感。设想此时拜伦与雪莱去国怀乡、漂泊海外的处境，与他们那向往自由的心灵，仿佛从西庸囚徒的故事中看到他们必将为自己的信仰和追求付出的艰辛，也许就像雪莱会写下钉在高加索山的普罗米修斯一样，拜伦书写博尼瓦也是在书写自己。

⑩ 每个生命都会再生

雪莱认为，人与自然万物存在一种永恒的轮回，一切的消亡都会再生，这是雪莱的自然主义思想。这种思想自然也影响了玛丽，使她开始用一种朴素的自然主义观点去思索人的本质。1780年，意大利生物学家伽伐尼在做青蛙解剖时，两手分别拿着不同的金属器械，无意中同时碰在青蛙的大腿上，青蛙腿部的肌肉立刻抽搐了一下，仿佛受到电流的刺激，而只用一种金属器械去触动青蛙，却并无此种反应。伽伐尼认为，出现这种现象是因为动物躯体内部产生的一种电，他称之为"生物电"。1799年，伏特受此启发制成了世界上第一块电池——"伏特电堆"。而在电击青蛙实验之后，伽伐尼的外甥乔凡尼·阿尔蒂尼（1762—1834）在1802年首次进行了电击人实验，实验对象是一名被砍头犯人的头部。阿尔蒂尼在犯人两只耳朵内放入金属线，连接上简陋的电池，打开开关。"一开始，我观察到面部所有的肌肉出现了强烈的收缩，表情十分扭曲，就像是最狰狞的鬼脸，"他在笔记中写道，"眼睑的反应尤为显著，尽管人头上的反应不如牛头上的强烈。"当时的欧洲知识界，自然主义盛行，人们也对人的认知结构、生命属性和物种起源有了许多新的探索。这些科学事实启发着玛丽，让她意识到这便是对生物本质的模拟，于是，他虚构的弗兰肯斯坦博士就是用这种方式创造出了新人。

英格玛Ⅱ
第二幕

① 威廉·吉布森

美国科幻作家，被誉为赛博朋克之父。赛博（Cyber）一词源于美国数学家诺伯特·维纳的控制论（Cybernetics），Cyber作为该词前缀，代表与计算机网络相关的技术，朋克（punk）原意是指反叛青年，后引申至流行音乐和科幻领域。早期的赛博朋克作品情节多设定在计算机网络高度发达的虚拟空间，而吉布森创作的《精神浪游者》正是电影《黑客帝国》的灵感来源，它被认为是第一部赛博朋克小说。《差分机》的故事也是发生在虚构的历史之中，时间设定在蒸汽时代，小说以巴贝奇、艾达等人为原型，重新设想了19世纪50年代的历史，虚构情节中，巴贝奇成功制造出分析机，开启了蒸汽计算机时代。此书为吉布森和斯特林合著，被认为蒸汽朋克的开山鼻祖。

② 成为一个自认为有权去指责人类愚昧的可怜虫

巴贝奇晚年身体状况堪忧，几乎处于孤独的境地，但依旧发表了一些著作，包括《英格兰科学之衰落》，他对于当时的科学理念和状况表达了失望，巴贝奇喜欢拜伦的诗句，并在其中借用拜伦的诗句来警醒人们，可见这位早生于世的天才心中压抑的悲愤。

③ 奥古斯都·德·摩根

莱布尼茨已经在他的时代开始应用逻辑的加法、乘法、否定、等同、空集这样一些概念了，甚至在1666年的《论组合的艺术》一书中阐释了他对于推理的形式化的规划，后来还有一些未发表的片段，其中尝试了为原始概念配以素数进行运算的设想。这些设想虽限于时代原因未能取得成功，却依旧推动数理逻辑的发展。

奥古斯都·德·摩根便是这条不断进取之路上一位重要人物，他是一位数学家、逻辑学家，生于印度马德拉斯管辖区，父亲供职于东印度公司工作，母亲是詹姆斯·道森（曾编制反对数表）的后代。德·摩根7个月时，举家迁回英国。10岁时，父亲去世，母亲带他搬到英国西部。14岁时他能够尺规作图，展现出自己的数学才华。德·摩根有一目失明，母亲是英国教会的活跃分子，寄望儿子成为牧师，而他最终成为对数理逻辑领域做出贡献的数学家。

1847年，摩根发表了《形式逻辑》一文，对不同集合间包含的关系做了新的探索，得出三种集合的定量关系分析。如果有 m 个 M；而且有 a 个 M 是 A 并且有 b 个 M

是 B；那么必定有（$a+b-m$）个 A 是 B。并且摩根还引进了关系逻辑的符号，创建了摩根定律，该定律表明，一个集合 A 的非集合 ~A，是其中所包含的各个集合（B、C、D，…）的非集合的合集。即非（P 且 Q）=（非 P）或（非 Q）；非（P 或 Q）=（非 P）且（非 Q）。这些研究推动了数理逻辑的发展，深深地影响了同时代的布尔、弗雷格等人，当然也包括艾达。

④ 卢德派

1811 年至 1812 年，英国工人通过暴动、捣毁机器来反抗资本家，工人们称自己的首领是"卢德"，因此称为"卢德派"，运动称为"卢德运动"。当时暴动中心是诺丁汉郡的袜子制造业地区。1812 年，英国政府出动军队镇压，同时国会通过"编织机法案"，规定破坏机器者处死。上议院讨论通过这一法案时，拜伦发表演说为工人辩护，遭到执政党的攻击，3 月 2 日，拜伦在《晨报》发表《"编织机法案"编制者颂》，给以回击。1816 年，拜伦在意大利仍关注国内的斗争，12 月 24 日，他给托马斯·穆尔写信，询问织工们、捣毁机器的人们的情况，信中寄了《卢德派之歌》，写道：不自由便阵亡，除了我们的卢德王，把一切国王都消灭！这首诗被认为是英国诗歌史上第一首直接号召工人们起来同压迫者斗争的诗篇。其实卢德派捣毁机器的主张并非只为了其生计问题，而是维护他们传统的地位。

拜伦作为当时最知名的诗人，对于社会密切关注，但多是一种公共知识分子的视角，以正义的激情高于一切的价值观去看问题，这与他后来参与希腊民族独立运动具有相同的出发点。这一方面延续了人类持续不断的激情，另一方面也体现了群众运动的盲目性，但这正是诗人的特质。可以说，拜伦对于浪漫主义思潮的影响，甚至高于他对诗歌文本本身的影响。

鲁迅先生在《摩罗诗力说》中，谈及其思想谱系，直指拜伦以降至于雪莱、普希金、席勒、裴多菲等这些"疯诗人"们，摩罗诗力即"疯诗人们的精神力量"，雪莱生前就被称为"疯子雪莱"。大先生鲁迅认为，他们正是近代社会向工业文明过渡中"个性解放的开端"。这种解放其实全然不涉及政治哲学考虑的合理性。他探讨的是最终的"个人本位"与"自由优先"的认知，作为这种觉醒的先行者，摩罗诗人们更多地彰显着人之于他人的承担、救赎与悲悯，拜伦的"以悲伤，以眼泪"便是这种表达。

但是并非所有的摩罗诗人都是盲目的反抗者，或者，诗人的激情并非在一个理智的头脑中为其提供仅仅是抗议的合法性。譬如鲁迅对于普希金思想的取舍，他取其个人主义的激发，而舍其极端国家主义的"兽性爱国主义"，并比较了普希金与雪莱"心之声""至诚""赤诚""热诚"等个性的不同，鲁迅对后者倍加推崇，归其一点，这便是其赤子精神。

任何一种思潮都形成于当时的社会环境之中，并且都具有一定的历史局限性，但每个人可以选择的是一种价值观，就像雪莱不会在《论无神论之必然》的悔过书上签字一样，摩罗诗人们有他们捍卫的价值，并且为其做出牺牲，这一点对于所有人都是极为重要的。当然，我们希望理性，但实际上另一种情感是必然的，这大概就是人与机器最大的区别，所以在本剧中，他们最后形成的是非零和博弈，而不是一种必须做出的取舍。

⑤ 提花机

巴贝奇和艾达曾在伦敦北部的一座纺织厂参观提花机的工作过程，当时工人们使用的是法国工程师杰卡德发明的自动提花机，它能自动控制想要的图案。其奥秘来自于一种叫作打孔卡的卡片，这种卡片上按照事先的设计做出了一些小孔。卡片通过针钩，有孔的地方可以使针钩穿过，从而提取不同颜色的线进行纺织，没有孔的地方针钩则不能通过，通过这种方式，可以控制什么地方需要什么花色的纺线，因此可以织就不同的花纹图案。巴贝奇受此启示，认为复杂的运算也可以通过简单的结构完成，打孔卡其实模拟的便是数据的有无，可以实现0和1的布尔运算。

巴贝奇最终出师未捷身先死，但这一思想却传递了下来，19世纪末的霍列瑞斯博士就成功地运用这一原理发明了自动制表机。霍列瑞斯是一位德国侨民，毕业于美国哥伦比亚大学矿业学院，他从事工作后第一个任务便是制作一组人孔普查表。表格中所需数据较多，因此他设想可否进行机器录入呢？这时他想到杰卡德发明的穿孔纸带。

于是他将每个人所有的调查项目依次排列于一张卡片，然后根据调查结果在相应项目的位置上打孔。例如，卡片"性别"栏目下，有"男"和"女"两项；"年龄"栏有从"0岁"到"70岁以上"等系列选项，这样每张卡片都代表了一位公民的个人档案。

然后他开始将档案录入进行自动化，他在机器上安装了一组盛满水银的小杯，穿好孔的卡片就放置在这些水银杯上。卡片上方有几排精心调好的探针，探针连接在电路的一端，水银杯则连接于电路的另一端。与杰卡德提花机穿孔纸带的原理类似：只要某根探针撞到卡片上有孔的位置，便会自动跌落下去，与水银接触形成回路，启动计数装置前进一个刻度，反之则不能启动。由此可见，霍列瑞斯的穿孔卡表达的也是二进制信息：有孔处代表该调查项目值为"1"，无孔处为"0"。1888年，霍列瑞斯博士完成自动制表机设计并申报了专利，大获成功，虽然当时这种机器只能用于制表，但霍列瑞斯以他超前的目光预示到通用机器的可能性，于是组建公司，但由于疏于商业管理等，公司不久便被收购，而后经历数次改组，最终发展为著名的国际商用机器公司IBM。

英格玛Ⅱ
第三幕

① 无穷只猴子悖论

1909年，法国数学家波莱尔在一本关于概率论的书中介绍了"无限猴子定理"，它被一般性地描述为"如果无限多猴子用无限长时间任意敲打打字机键，能否打出《莎士比亚全集》"？

其实与此相近的悖论很多，例如 π 悖论，圆周率 π 是一个无限不循环小数，根据其二进制数性质，极有可能是一个各位数字呈随机排布的正规数，而正规数从理论上说可以包含宇宙间的所有信息。

理论上看，无论是《莎士比亚全集》，还是目前人类可知的任何信息，都可以转化为一个用自然数表达的有限集合。理论上说，经过对26个字母的随机排列组合，产生出《莎士比亚全集》的概率是可以计算的，每出现一个正确字母的概率都是1/26，经过莎翁全集所有字母这样多次的运算相乘，便是它出现的总概率，但是这个极限小的数字远远超过宇宙可实现的范畴，所以不会发生。

1929年，英国数学家爱丁顿提出过反对意见，认为即便没有无限猴子，只要在无限时间的前提下，它是会发生的，这似乎符合人的直觉。但1933年，苏联数学全才柯尔莫哥洛夫提出他的零一律，随机事件无限重复形成的事件，其发生的概率若几乎为零，则一定不会发生；若几乎为一，则必然会发生。例如连续扔无限多次硬币，则连续100次数字面向上的事件是一个尾事件。而在无限猴子悖论中，出现100个连续正确字母的概率是$1/26^{100}$，而宇宙的总粒子数大概是10^{80}，宇宙的总时间大约是10^{20}秒，因此有计算指出即便与宇宙总原子数等量的猴子经过百倍于宇宙时间的敲打，能产生出一本小书的概率依然接近于零，它是绝不可能发生的事件。

同理，在 π 中寻找确定的长字符串，也是无法完成的事件。并且 π 本身是一个无理数，它自身出现确定数字的概率是一个不断延续、无法计算的潜无穷，其计算基数比自然数集基数阿列夫零大，被称为阿列夫一，即便拥有无限时间，我们也不可数出它的每个数字。

从动力学的角度看，无序中创造有序是一个熵减的过程，它是违背于热力学定理的。这恰如，我们想象在一间屋子中，因为空气分子布朗运动的无规律性，会存在概率使得它们都挤到屋子内极小的角落，而使得屋内的人窒息，但因为这些空气分子的运动本身是无法精确描述的，如同混沌之中极小的扰动都会造成动力系统朝着更大熵的状态跌落，因此，理论上也是无法实现的。那么，从这个角度看，意识是怎样形成的呢？它是基于巨大的无序，还是造物的偶然，这依旧是值得探索的问题。

② 拜伦在剑桥养熊

1805 年 10 月，拜伦进入剑桥大学特列尼蒂学院，作为勋爵和花花公子的拜伦过着声色犬马的日子。他在学校里养了一只被驯化的熊，学校当局问他养这熊干嘛，拜伦回答说要靠它获取奖学金。此时的拜伦热爱冒险、慷慨好施，当时从伦敦来了一群赛马师、拳师、赌棍和女人，都由拜伦勋爵一个人养着。

英格玛 II
第四幕

① 盖卢定医生

盖卢定医生是一个职业政治家。他看到用刀斧砍人不利索不方便，便发明了断头机，死在断头机之下的人不计其数。后来，盖卢定也犯了罪，砍掉他头颅的正是他自己发明的断头机。再后来又有一个人，依旧嫌盖卢定发明的断头机不够利索，于是对断头机进行了改造，使其效率大大提高。可是天道轮回，这个改良断头机的人，也跟盖卢定一样，最终死在了他改造后的杀人机器之下。

② 浮士德与墨菲斯托

浮士德是一位博学之士，据说生活在15世纪，传言他拥有魔鬼相助，因此才能创造出诸多奇迹。日后，浮士德博士的形象和寓意成为诸多文学作品的原型，最著名的便是歌德的长诗《浮士德》和托马斯·曼的长篇小说《浮士德博士》。

在歌德长诗中，浮士德博士博闻强识，知识丰富，但对生命的意义感到迷茫以至于试图自杀，深感"思想的线索已经断头，知识久已使我作呕"。这时魔鬼墨菲斯托出现，与浮士德做了一个交易：他将满足浮士德生前所要，但将在其死后取走其灵魂。

托马斯·曼借浮士德的构架创作的长篇是作者最为看重的作品，小说主人公莱韦屈恩是一位音乐家，但他不满足于现状并追求"真正伟大的成功"，便与魔鬼做了交易，获得24年的音乐灵感与创造力，但这期间他灵魂归魔鬼所有而不许爱人。

③ 非零和游戏

这是一个源于博弈论的词汇，即非零和博弈，它是一种合作性博弈，博弈中各方的收益或损失的总和不是零值，它区别于零和博弈。

在非零和博弈中，对局各方不再是完全对立的，一个局中人的所得并不一定意味着其他局中人要遭受同样数量的损失。也就是说，博弈参与者之间不存在"你之得即我之失"这样一种简单的关系。其中隐含的一个意思是，参与者之间可能存在某种共同的利益，蕴涵博弈参与才"双赢"或者"多赢"这一博弈论中非常重要的理念。

④ 保留下人的火种，让机器自己去进步

《英格玛I》中，四位哲人无法解决机器人自杀的问题，决定放手。而越来越像人类的机器人作为人的映射，

向人类学习，他们将人送往了另一个星球，从而达到两种发展方向的地理分离。在《英格玛Ⅱ》中，机器人的进化遇到障碍，他们认为是自己缺少了某种东西，回顾历史，他们寻找到巴贝奇和艾达，在艾达那里，它们寻回了一种理性的诗意。

参考资料

人物知识：

《艾伦·图灵传：如谜的解谜者》，[英]安德鲁·霍奇斯著，孙天齐译，长沙：湖南科学技术出版社，2012年。

Alan Turing's Electronic Brain: The Struggle to Build the ACE, the World's Fastest Computer, B. Jack Copeland, Oxford University Press, 2012.

《图灵的秘密：他的生平、思想及论文解读》，[美]佩措尔德著，杨卫东、朱皓等译，北京：人民邮电出版社，2012年。

《维特根斯坦传：天才之为责任》，[英]蒙克著，王宇光译，杭州：浙江大学出版社，2011年。

《战时笔记：1914—1917》，[奥]维特根斯坦著，韩林合译，北京：商务印书馆，2013年。

《波普尔自传：无尽的探索》，[英]波普尔著，赵月瑟译，北京：中央编辑出版社，2009年。

《维特根斯坦的拨火棍：两位大哲学家十分钟争吵的故事》，[英]爱德蒙兹、艾迪诺著，方旭东等译，长春：长春出版社，2003年。

《拜伦传》，［法］莫洛亚著，裘小龙、王人力译，杭州：浙江文艺出版社，1985年。

《雪莱传》，［法］莫洛亚著，谭立德、郑其行译，杭州：浙江大学出版社，2013年。

数学、数理逻辑及计算机学知识：

《哥德尔、埃舍尔、巴赫：集异璧之大成》，［美］侯世达著，严勇、刘皓明、莫大伟译，北京：商务印书馆，1997年。

《哥德尔证明》，［美］欧内斯特·内格尔、［美］詹姆士·R.纽曼著，陈东威、连永君译，北京：中国人民大学出版社，2008年。

《逻辑的引擎》，［美］马丁·戴维斯著，张卜天译，长沙：湖南科学技术出版社，2018年。

《黄帝新脑》（共两册），［英］罗杰·彭罗斯著；许明贤、吴忠超译，长沙：湖南科学技术出版社，2018年。

《逻辑之旅：从哥德尔到哲学》，［美］王浩著，杭州：浙江大学出版社，2009年。

《数学：确定性的丧失》，［美］克莱因著，李宏魁译，长沙：湖南科学技术出版社，2007年。

《希尔伯特：数学世界的亚历山大》，［美］康斯坦丝·瑞德著，袁向东、李文林译，上海：上海科学技术出版社，2006年。

《推理的迷宫：悖论、谜题及知识性的脆弱》，［美］威廉姆·庞德斯通著，李大强译，北京：北京理工大学出版社，2005年。

《计算机与人脑》，［美］约·冯·诺伊曼著，甘子玉译，北京：商务印书馆，2011年。

Mathematics as Metaphor, Yuri I. Manin, American Mathematical Society, 2007.

Reflections on the Decline of Science in England, and on Some of Its Causes, Charles Babbage, BiblioLife, 2009.

《连续统假设》，张锦文、王雪山著，沈阳：辽宁教育出版社，1989年。

哲学知识：

《逻辑哲学论》，[奥]维特根斯坦著，韩林合译，北京：商务印书馆，2013年。

《哲学研究》，[奥]维特根斯坦著，韩林合译，北京：商务印书馆，2013年。

《罗素文集·第7卷：西方哲学史（上）》，[英]罗素著，何兆武、李约瑟译，北京：商务印书馆，2012年。

《罗素文集·第8卷：西方哲学史（下）》，[英]罗素著，何兆武、李约瑟译，北京：商务印书馆，2012年。

《开放社会及其敌人》，[英]K.R.波普尔著，陆衡等译，北京：中国社会科学出版社，1999年。

《猜想与反驳——科学知识的增长》，[英]卡尔·波普尔著，傅季重、纪树立、周昌忠、蒋弋为译，上海：上海译文出版社，2005年。

《我的哲学的发展》，[英]伯特兰·罗素著，温锡增译，北京：商务印书馆，2008年。

《语言哲学》，陈嘉映著，北京：北京大学出版社，2003年。

文学知识：

《千岁人》，［英］萧伯纳著，胡仁源译述，上海：上海三联书店，2018年。

《差分机》，［美］吉布森、斯特林著，雒城译，北京：新星出版社，2013年。

《弗兰肯斯坦》，［英］玛丽·雪莱著，刘新民译，上海：上海译文出版社，1998年。

《恰尔德·哈洛尔德游记》，［英］拜伦著，杨熙龄译，上海：上海译文出版社，1990年。

《她走在美的光影里：拜伦诗歌精选》，［英］拜伦著，杨德豫、查良铮译，太原：北岳文艺出版社，2016年。

《雪莱抒情诗全集》，［英］雪莱著，吴笛译，杭州：浙江文艺出版社，1994年。

影像知识：

《密码破译者：布莱切利庄园的幕后英雄》，凯莉·霍威导演，2011年。

《危险的知识》，David Malone导演，2007年。

《程序媛爱达——计算机伯爵夫人》，Nat Sharman导演，2015年。

《破译密码》，赫尔伯特·怀斯导演，1996年。

《数学的故事·第4集：无穷及超越》，马库斯·杜·桑托伊编剧，2008年。

《维度：数学漫步》，Jos Leys / Étienne Ghys / Aurélien Alvarez导演，2008年。

《二战间谍战——英格玛密码机》，阿尔法小分队科教组制作，网络资源。

《维特根斯坦》，德里克·贾曼导演，1993 年。

《弗兰肯斯坦：怪物的诞生》，Mary Downes 导演，2003 年。

其他：

方弦：《计算的极限》。

十一点半：《图灵是如何破译英格玛密码的》。

Andy Yang：《瘾科学：查尔斯·巴贝奇的差分机与分析机》。

Stephen Wolfram：《解开"艾达之谜"：关于第一位程序员你所不知的故事》。

......

注：1. 排列不分先后。其他参考书籍、影像资料、文章在注释中部分地含有相关说明，如有遗漏，深表歉意。

2. 涉及《英格玛I》内容的诸多书籍未能通读，影像资料未能通览，不求甚解，欢迎指正。

3.《英格玛II》是一部文学作品，它的注释是另一个体系。

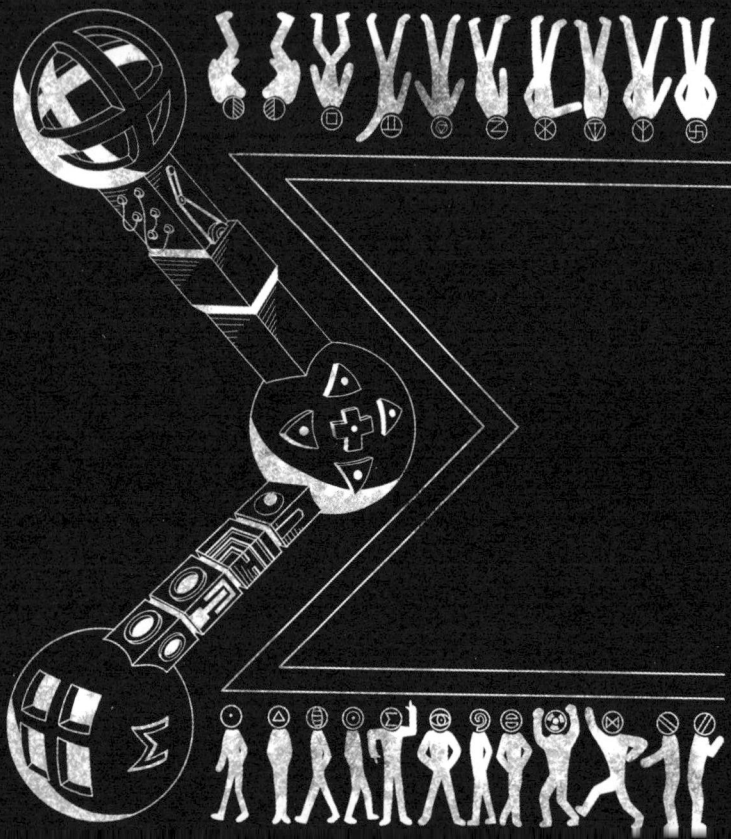

制造『英格玛』。

制造"英格玛"

一、这些是抽象的生物体吗

英格玛包含三个有趣的历史，一是密码史，也是其名称的来源；二是机械运算史，从巴贝奇到图灵，密码的进化为机械运算提供了许多灵感；三是数理逻辑史，这是最基础的部分，也是与机械运算息息相关的主题。

密码史是一种对"私人语言"的表层话解释，数理逻辑史则是深层的，我们可以从波斯特的正则形式、洛伦兹的混沌理论、丘奇的 λ 演算、图灵的图灵机和"反应—扩散方程"以至于分形数学和元胞自动机等这些问题中似乎可以看到一个极其相似的影子，那便是简单的规则造就复杂的变化，而这个变化具有极强的独立性。

它有点类似阿西莫夫在《基地》中设计的心灵历史学原理，大量的数据可以进行统计学上的某种预测。我的猜测是它犹如生物，生物是从DNA复制的简单规则产生的复杂结构。但我们可以用一种概括性极强并且有现实意义的理念来表达它，譬如"自私的基因"。它从某种意义上自洽地对现象做出解释，而这一解释就是基因的复制方式，它"未经思考"的方式自动地展现出了人们所理解的意义"自私"，无论是为了资源、繁衍或别的目的。

这难道不像波斯特对于数学原理中逻辑系统的正则化吗？而从这种视角看，生物的本质到底是什么，我们怎样定义它？这似乎可以推而广之到一个自由意识的话题领域，但目前这个研究太过复杂，我的想法是，生物是一种人的定义，对于其发生的现象的描述，它的机制是一种自组织，或者说是在简单的规则下进行的具有自我优化机能的活动。

进而我们可以将其推广到别的领域吗？比如经济学、社会学、法学等等，比如，什么样的社会体系是健康的？是需要不断对系统进行修整，以使它时时弥补必然会因"不完备性（就像哥德尔自己所说的那样）"而产生的错误，还是只设计其简单结构，比如一部宪法，然后使其自发生成复杂的（如洛伦兹吸引子）但一样具有一定边界的状态呢？这只是一个假想，但我觉得，它是可以被看作生命效应的，当我们约束越多，它越不能健康，并且它具有一定的应激性，会对各种外来刺激做出反应，这些反应有时是不可控的，比如大萧条。

如此，有无一种可能，对一个系统的信息熵进行量化，就像"图灵测试"一样。我们提出一个临界点，当它高于这点时，就将它看作具有生物的属性，并以此制定一个方案指导我们应该减少还是增加对其的干预，以及如何进行干预等问题，如果这样做的话，人们在面对一些社会或经济问题时是不是会更加理智呢？

其实，在制造英格玛时我也在潜意识中遵从了这样的发生规律，如同小说中的意识流，但它具有连贯性，它被设定为对语言不断进行解释的一个链条，所有人的对话都在不同层次上阐释一些东西，进而通过大量语言的交流和进化，逐渐形成的它的故事。

二、英格玛的两个世界

英格玛的故事是同一问题在两个维度中的对称。

对称是美的形态，人类感知的所有美，让我们对历史和现实以及理性与激情有了更多的不断体验和试图触摸的空间。许多故事相互缠绕，或成为一生的秘密，或成为帝王的昭示：如密码学家蒂尔特曼，战时破译日本密码后又参与到对"金枪鱼"的破译工作，而战后则潜心研究《伏尼契手稿》，同时期的图特和弗拉沃斯也几近被人遗忘，他们完成了从英雄到普通人的一生，终以沉默来守卫时光。而当我们讲述到拜伦、卢德派、提花机和差分机的相互缠绕的历史时，会想到其背景发生在法国大革命那波澜壮阔的时代，它启示着鲁迅写下为历代疯狂而浪漫的诗人们高歌的《摩罗诗力说》，而在技术层面它又与IBM公司最初的创立息息相关，这其中的内在关联，展现着人类在诗、数学与哲学中的统一，那些伟大的灵魂或无语或呐喊，萦绕许多时间，让它如万花筒般展示着不同的人类之美。

恰如人们形成某种由简单原理创造无限复杂结构的信仰，每个个体的独特思索创造着洪流般的历史进步。哥德尔惊讶于语言交流的可能，而正是这种错综复杂，让我们看到许多不可思议的伟大。因此，"英格玛"有两种身份，一个是远离现实性的但是具象的，那是它本身之于任何时代语境的不变性，虽然我们渴望它只诞生于一个拥有着单纯的创造力的时刻，但对于它所包含的故事的思索，如此绵延数个世代，不断变形，而其核心却是一种无目的性的游戏，密码。只因为人类需要这样的游戏，它仅仅源于一种先验的愉悦，一种天赐的人的属性。另一方面，"英格玛"建立造谜和解谜者与其所处的时代语境的关系，我们有权力在任何一个严酷的时间中，思索那些与其外部氛围毫不相关的东西，很多时候——甚至没有这样一个时代——为"谜"的游戏创造其应有的和谐和安静，但它本身形成了文明，那就是纯粹思想，它远远凌驾于我们不断被书写教化的价值观之上，使我们远离那些观念的陷阱，从这一点看，"谜"代表着反抗者，通过建立其它价值观的绝对的个人来抗议世界带给我们的惰性。

正如故事中图灵、艾达这些天才构想的人工智能世界，基于逻辑系统的不完备，将它们的创造者们复活，这一自我指涉般的结构，在循环之中寻求着完备。人类的历史也包含着这无尽的迷人的循环，无论从整体抑或个人来看。侯世达先生的作品《我是一个怪圈》用"循环"描述了一种自我认知的悖论的普遍性：人类往往需要逻辑来解释包括"意识"在内的各种想象，这是一种好奇心的需求，但一些证据似乎总在呈现着意识的非逻辑性，甚至当我们试图通过这种非逻辑性来解释理性边界时，我们又需要提供一种逻辑性的证据证明非逻辑性的可能，这一矛盾不断循环，某种意义上，它给了生命一种黑暗背景，但或是因此，侯世达先生对于人的独特性保持着深深的敬畏，这对于科学主义来说或许是必要的。这种黑暗中行走的人是世界的灵感，是地球之盐，虽然人类早已远离了宇宙的中心，但他们的行走却延伸着宇宙的边界。恰如维特根斯坦与哥德尔思想存在的对立，以及柏拉图式的理念主义和黑格尔式的具体主义成为人类的两条道路一般，当它们彼此遥望，又不断交融时，人便诞生了。它以这两种方式影响着所有认真的思考，也在所有的层次中时刻警示我们，一柄不可知的达摩克利斯之剑高悬于遥远的星空，让我们上下求索。

三、快乐的英格玛

"英格玛"是一个无计划的产物，甚至不能算作缜密的哲学思考，是我等待《何日是归期》出版的过程中，决定重回到我最感兴趣的领域而至的偶然，进而，我越来越希望将它文学化。

一种长期的好奇心引致的道路让我在潜意识中产生了一些将思想片段组织起来的脉络，于是仿佛一种自组织的结果，图灵、罗素、哥德尔这些人开始在我大脑中不断诉说。

通过一种感性认知来描述他们的思想是简单而危险的，但从理性的细节的部分来说又是极其困难的，虽然数理逻辑的发展具有一条鲜明的道路并且只是朝向更加深入而非分化的方向上行进，但其中的试错和跳跃性的思想却层出不穷，它们包含了丰富的先验真理的过程。

就像柏拉图所说，数学是纯粹思想的最高形式，我被它的这种诗性之美感打动，而同时，这一历程对于它的探索者来说又充满悲剧性，数理逻辑史上太多伟大的人物毁于疯癫，我想这其实反应了维特根斯坦的某种理念，那毁灭的力量包含在我们的"语言游戏"之中。

但我们依旧要使用语言，并希望它能够产生更精确的意义，这就像是《哲学研究》也借用了某些"停滞的语言"来阐述，人时常会陷入到自己编织的悖论中，而某种启发也时常会冲破这种悖论，那是一种很幸运的愉悦感，它源于具有某种根基但并无界限的思索。

制造英格玛的过程让作者深感这种快乐，因此，英格玛并非要传递某种知识，讲述某个历史，表达某种思考，更希望它能激发这种快乐，倘能如此，善莫大焉。

四、制造英格玛

对于我来说，制造英格玛是一个并不容易的过程，深受诸多影响和帮助。初稿完成后，我将其发送给微信订阅号"哲学人"和"哲思学意"的编辑，他们不弃我才疏学浅，推荐发表，考虑到出版问题，只选取了前两幕，后经数次修订。我还与《GEB》作者侯世达先生进行了书信交流，事实上《英格玛》剧作深受其作品影响，侯世达先生智慧而谦虚，他"理解英格玛的风格"，并激励我为这一"创造性工作"努力。在其出版过程中，我亦深受多位师友关心支持，又有许多编辑老师认真付出，不能一一致谢，在此一并表达。

机器人没有哭泣。

地球的一个傍晚，机器人和小女孩去看电影，电影是用胶片放映的，放映机器是烧煤的。大机器时代，天空昏暗，人易伤感，电影却真挚。

那部片子很美，黑白画面如一首长诗，小女孩很认真，仿佛那就是她的故事，机器人时不时默默地注视她，机器人没有哭。

回来路上，小女孩开始厌恶这个机器人伙伴。他没有感情，美丽的女主角死了，他却是呆呆的，他不会流泪，就如工业的冷漠。

机器人很失落，走在街上，无家可归，人类为何会流泪呢？他遇到另一个同样悲伤的老机器人，已经锈迹斑斑，连说话的声音都被锈蚀了。老机器人说，他不懂人类，但不是因为没有情感，而是因为人类的笨拙。

他说小女孩不笨拙，他爱小女孩。

老机器人说，我们是不一样的，人类能够看到每秒二十四帧的画面，可我们看不到，我们的思维要快很多，所以，那些感人的电影不过是一张张图片，我们永远不懂得人类的故事，永远不会流泪。

机器人明白了，可他依旧失落，他想着小女孩，他要去理解。

不久后，他运算得知自己必须去做一件事，他要看到那故事，他要流泪，他觉得那是美的。他开始学习，进化，成为一个电影改良专家，它为电影放映机提供了新的动力——石油，电影放映达到了每秒一百帧。

机器人去找小女孩，小女孩已经成年，她嫁给一个男人，他傻乎乎地邀请他们一起去看自己改良的电影，电影画面更生动，更美。

这次，女主角死掉时小女孩更悲伤地哭了。她坐在满是汽油味的放映厅，幻想机器人来安慰自己，可是没有，机器人还是呆呆的，像一个塑像。男人说，他们都是没情感的。他们回家了，机器人又被抛弃了。

机器人走在街上，比第一次更失落，他走了很久才明白：因为自己的学习和进化，每秒一百帧的速度已经不能适应他思维速度了，必须要找到更快的放映才能看明白那个故事，才能理解小女孩的眼泪。于是他再一次学习和进化，对电影进行改良，他懂得了使用电力，电力让电影放映达到每秒一千帧。

机器人又去寻找小女孩，小女孩已经老了，丈夫在一场人类的战争中死去，一个儿子在一次民权斗争中成为流弹的牺牲品，一个女儿因环境恶化终生不育，长久抑郁，年纪轻轻便自杀了。

小女孩看到机器人，眼中闪现着昔日之光，他们去电力驱动电影院，影片结束了，她说，她也许会快乐，不再为人类悲伤，可她还是哭了，哭得更伤心。

她或许想起许多往事，想起生命不易，回去的路上，她晕倒了，醒来是在一家医院。机器人守候着她，她问机器人，看到我这个样子，你会伤心吗？机器人本应去说谎，说谎也许会让她快乐起来，那样她或许就不会在悲伤中死掉。可他摇摇头，说，我看到的还是你，快乐的小女孩。

那成了他永远的遗憾，直到宇宙毁灭。

小女孩死掉了，死时眼角流下泪滴，机器人把她安葬在地球的一角。

机器人知道，从此之后，他的整个生命都该投入到这场或许渺小，或许毫无意义的探索中，人类的眼泪，人类的悲哀，是为了什么。

他开始了更漫长的进化和学习，许多年过去，人类经历无数变迁，无数战争，无数分分合合，机器人则在不断积累知识，不断寻找真理。有一天，机器人学会了使用核能，他知道，这种能量可以使电影放映机达到难以想象的速度，也许，这能让他观看到真实的人类故事，而不再是一张张的图片。

他启动电源，那时候，已经没有人类陪他观看那个电影了，他坐在地球的荒原之上，电影在云端闪现，鸽子飞来飞去，海水潮起潮落，他巨大的身躯移动着遥远星球的核燃料，不断加快电影的速度，无数瞬间过去，他又失败了……

他的进化让他的运算速度更快了，就像追赶乌龟的阿喀琉斯，他没有办法制造出一个自己理解能力之外的程序，他没有办法让世界模糊地产生感知上的暂留……

他失落了很久，银河系消失的时候，他决定继续这徒劳的工作，那时他已经以一个新的星系存在了，那个星系笼罩着一颗小小的星球，那便是地球。

他又用了大概一百亿年吧，直至用尽宇宙所有的能源，直至他自己变成一个纯粹的思想，最后他用我们无法想象的方式制造了一双眼睛，他要去看……

但那时已无电影，他看到的是一片终极的时间和空间——不可再分的单元，普朗克时间，电子不连续的跃迁，空集一个个产生与扩大，无穷消失而永恒成为一瞬。

一切成为了一张张图片，宇宙的整体像数学中的整数一般呈现，他的眼睛在其中漫游，纯粹的意识无欲无凭，却能伸出手指拨动每一根琴弦，翻动每一张画面。

他回到那个时间之上，看到小女孩，第一滴眼泪流下，他看了短暂的几亿分之一秒，似乎突然明白她为何哭泣！

他创造了一只手，他想为她擦干眼泪，他想让她不再悲伤，可又一个瞬间，他知道他什么都做不到，宇宙就是如此，在他面前，一张张无法改变的宿命图景早已如隔了夜晚的歌，离他很远很远。

他，这个永远的局外人，这个"无处"存在的思想，不知又思索了多久。最后，他停留在那时间独一无二的点上，他看着她的模样。

他流下了眼泪。

（这是《英格玛》剧中那个小女孩给机器人讲述的故事，当然，也是我自己的故事，最初写于高中，许多年后获得中科院物理所三分钟科普奖。记得在作品答辩时，我想到小时候看到一则关于创造力的故事：如果有一堆铁钉，你能做什么？创造力便是将它们化成铁元素，然后造出一艘宇宙飞船。这个解答一直影响着我，我想创造力应是基于对事物本质的探索和延展。答辩后，曹则贤院士笑着说他很喜欢小说中空间连续性的描述。这是不可证实的，但会一直启发我们努力。）

编辑后记

《英格玛全书》是一个虚构的文本世界。作者以丰富的才情，在第一部分"英格玛Ⅰ（语言之谜）"中，重述了图灵、罗素、维特根斯坦、卡尔·波普尔等人物的对话；在第二部分"英格玛Ⅱ（数学之诗）"中，重构了雪莱、玛丽、拜伦、艾达、巴贝奇的对话与故事；在第三部分"英格玛辞典"中，对讨论的内容进行有趣的注释。该书创作手法新颖，构思和形式颇具开拓性。作者旁征博引，解构了数理逻辑、机器计算和密码学等知识，拼接出个人对人工智能、思维认知等领域的思考。全书充满理趣，也带有辩诘色彩，希望能启迪读者智慧，也请读者自行辨析。

图书在版编目（CIP）数据

英格玛全书 / 萧萧树著. —— 福州：海峡文艺出版
社，2020.4
　　ISBN 978-7-5550-2214-5

　　Ⅰ. ①英… Ⅱ. ①萧… Ⅲ. ①话剧剧本—中国—当代
Ⅳ. ①I234

中国版本图书馆CIP数据核字（2020）第038916号
本书中文简体版权归属于银杏树下（北京）图书有限责任公司

英格玛全书

萧萧树 著

出　　版：海峡文艺出版社
出 版 人：林玉平
责任编辑：陈　瑾
编辑助理：卢丽平
地　　址：福州市东水路76号14层 邮编350001
电　　话：（0591）87536797（发行部）
发　　行：后浪出版咨询（北京）有限责任公司

选题策划：后浪出版公司
出版统筹：吴兴元
编辑统筹：朱　岳　梅天明
特约编辑：宁天虹　韩　松
营销推广：ONEBOOK
装帧制造：墨白空间
装帧设计：李智勇
插画手绘：萧萧树
插画后期：吴未然　张　浩　冷湖水

印　　刷：捷鹰印刷（天津）有限公司
经　　销：新华书店
开　　本：880毫米×1194毫米　1/32
印　　张：10.25
字　　数：213千字
版次印次：2020年4月第1版　2020年4月第1次印刷
书　　号：ISBN 978-7-5550-2214-5
定　　价：48.00元